D0816284

Le sentier

Le sentier

François Tardif

Illustrations et couverture : Marie Blanchard
Mise en pages : Folio infographie
Révision : François Morin et France Lorrain
Correction d'épreuves : Élaine Durocher
Imprimé au Canada

ISBN 978-2-89642-126-8

Dépôt légal — Bibliothèque et Archives nationales du
Québec, 2009
© 2009 Éditions Caractère

Tous droits réservés.

Gouvernement du Québec — Programme de crédit d'impôt pour l'édition de livres — Gestion SODEC

Nous reconnaissons l'aide financière du gouvernement du Canada par l'entremise du Programme d'aide au développement de l'industrie de l'édition (PADIÉ) pour nos activités d'édition.

Visitez le site des Éditions Caractère
editionscaractere.com

CHAPITRE 1

Le sentier

Je ne comprends pas comment une chose pareille a pu m'échapper. Pourtant, je suis tellement observateur habituellement !

Ça fait six ans que j'emprunte le même trajet pour me rendre à l'école Martigny. Je prends les mêmes rues, je passe entre les mêmes maisons, je monte la même allée, sur le même trottoir, je longe le même grand mur de pierre, je traverse la rue aux mêmes endroits depuis tout ce temps-là.

Qu'a-t-il bien pu se passer pour que ce matin j'aperçoive sur mon parcours… ?

J'ai même de la difficulté à y penser, à croire à la réalité de ce que j'ai vu. C'est vraiment mystérieux, tout ça !

— Ça va, Marc-Antoine ? me demande madame Langdeau, ma professeure de cinquième année.

— Hein ? Quoi ?

Je fais semblant d'être inspiré, je cache mes feuilles encore toute blanches et je lui fais le plus beau de mes faux sourires. Pourtant je suis là, devant mon cahier vide, tenant nerveusement mon crayon et je n'arrive pas à écrire un seul mot.

Ça fait une demi-heure que l'examen d'écriture est commencé. Il me reste une heure ce matin pour y arriver, puis une autre heure cet après-midi. Je ne veux surtout pas lui parler de ce qui me trouble. Hier, j'ai décidé de suivre ses consignes. Elle venait de dire à toute la classe de se préparer d'une façon toute spéciale à la composition de français du lendemain.

— Vous aurez à décrire quelque chose de répétitif, quelque chose que vous faites tous les jours, a-t-elle dit aux élèves de la classe.

Toujours aussi gentille, elle nous a mis en garde contre la facilité. Elle nous a invités à observer très attentivement différents aspects d'une activité que nous faisons toujours. Elle nous a même promis que nous ne le regretterions pas.

— Vous verrez, nous a-t-elle encore dit hier, en vous regardant faire votre toilette, par exemple, vous vous rendrez compte de choses que vous n'avez jamais remarquées. Il suffit d'être attentif à ce que vous faites régulièrement et vous serez impressionnés. Observez bien une de vos activités quotidiennes ce soir ou demain matin. Vous la décrirez ensuite dans votre composition, tout simplement. Facile, n'est-ce pas ? Le meilleur texte nous servira toute l'année, vous allez voir. L'an passé, vous avez entendu parler du voyage que j'ai fait dans le Grand Nord avec ma classe ? C'est un élève qui nous en avait donné l'idée en nous décrivant les photos qu'il venait de voir sur le calendrier accroché dans sa cuisine. Ce texte a gagné le premier prix et on a organisé tous ensemble un voyage de classe de deux semaines. Alors, observez, observez encore et encore ; une seule contrainte absolue : il faut que ce que vous découvrirez soit vrai… c'est la consigne !

Contrairement à mon ami Julien, j'ai embarqué totalement et avec passion dans la proposition de notre professeure de cinquième année. Tout de suite, j'ai décidé de décrire le trajet que j'emprunte pour me rendre de la maison vers l'école. Julien, lui, trouvait l'idée ridicule. Il se fiait à ses talents d'improvisateur et refusait de s'observer en train de se brosser les dents.

— J'inventerai tout ce qu'elle voudra, m'a-t-il dit quand j'ai voulu lui parler de mon idée, mais je ne me mettrai pas à tout observer. Je suis trop occupé.

C'est vrai qu'il est extrêmement occupé. Depuis deux semaines, il me néglige même un peu. Il est amoureux. Il aime ma nouvelle voisine, Delphine Desrosiers. Elle est belle, c'est vrai, mais je trouve tout de même qu'il exagère. Il y a autre chose que les filles. Je vous avoue que je n'ai quand même pas osé le lui dire comme ça.

J'ai préféré rigoler et le lendemain matin, méticuleux comme toujours, je suis parti un peu plus tôt pour faire seul le trajet vers l'école. Julien n'aurait pas droit à ma présence. De toute façon, quand il s'agit de faire quelque chose de sérieux pour l'école, il disparaît toujours comme par enchantement. J'aime bien madame Langdeau et je trouve qu'elle a toujours de bonnes idées, mais j'avoue qu'en faisant le trajet ce matin, je me suis demandé où elle voulait en venir avec son idée. D'après mon décompte, le nombre de jours où je fais ce parcours pendant une année s'élève en moyenne à 184. Étant donné que je fais ce trajet 2 fois par jour et que j'en suis maintenant à ma 5ᵉ année, maternelle comprise, cela fait environ 2542 fois que je marche, cours ou saute ce trajet. Comment pourrais-je avoir omis quelque chose, moi le grand observateur, comme on aime m'appeler?

Pourtant, on dit souvent de moi:

— Tiens, tiens, tiens! Marc-Antoine voyage encore dans la lune!

Mais dans la lune, je n'y suis jamais. Toujours, je regarde, je réfléchis, je note dans ma tête puis sur papier ce que je vois. J'adore observer. J'aime regarder de haut, grimper sur une colline et si je le pouvais, je monterais dans une fusée et je m'installerais bien volontiers sur la Lune pour pouvoir analyser la Terre. Mais je ne suis jamais «dans la lune». Au contraire, je regarde toujours autour de moi. Je vois tout et j'aime tout décrire ! J'ai déjà inventé 24 histoires de deux pages chacune que j'ai fait photocopier et que j'ai vendues à mes amis. Mes histoires sont des histoires d'observation de mon entourage, la vie de ma mère, de ma sœur, de mon ami Julien, de son amoureuse Delphine Desrosiers (Julien a adoré mon récit)… J'ai même passé trois heures à suivre mon chien Marcus et à décrire ce qu'il fait dans une journée.

Je suis donc plutôt le candidat idéal pour faire mentir la théorie de ma professeure adorée. Quoi ? Elle pense qu'une activité quotidienne que l'on fait à répétition puisse cacher des faits nouveaux ? Impossible, d'après moi ! Impossible que quelque chose m'ait échappé 2542 fois. Ce trajet, je le connais par cœur et, j'en suis certain, rien ne m'a échappé ! L'exercice s'avérait donc difficile. Mais je n'ai pas peur des difficultés. J'aime les défis !

Ce matin, en marchant, je me suis donc placé en mode observateur zélé. Je regardais chaque adresse, chaque buisson, chaque chien noir, chaque camionnette, chaque nom de commerce. Rien ne me paraissait nouveau. Du haut de mes 11 ans bien sonnés, j'avais l'impression de tout savoir et de tout connaître de cette route.

Pour me rendre à l'école, je dois monter une longue côte bordée d'un mur de pierre fleuri de clématites en cette période de l'année. D'habitude, je cours très vite sur ce trottoir pour rejoindre mon ami Julien, le grand sportif qui me lance sans arrêt des défis. Ce matin, notant tout et cherchant la nouveauté que je ne crois surtout pas trouver, je longe les 100 mètres de ce mur très haut et je m'attarde un instant sur une espèce de fleur que je n'avais jamais remarquée au milieu des autres plus communes. Des fleurs mauves qui se comptent par centaines. Elles ressemblent à des fleurs de bougainvilliers, mais elles sont plus grosses. Je les trouve belles et je me dis que ce serait une bonne idée de parler de ces fleurs qui nous entourent et que nous ne voyons même plus tellement nous sommes occupés à courir. Puis, en regardant vers le haut du mur, je m'arrête brusquement. Devant moi, dans le mur, il y a une ouverture, un passage, d'à peine un mètre de large et d'un mètre et demi de haut. Dans cette ouverture, un sentier !

— Quoi ? Il y a un sentier ici ?

J'aurais été prêt à jurer que jamais il n'y avait eu, avant ce matin, une ouverture au milieu de ces vieilles pierres. Pourtant, cette ouverture paraît totalement intégrée au paysage ; les plantes grimpantes et les centaines de fleurs mauves inconnues, tout semble en continuité parfaite. Il y a bel et bien une ouverture ici que je n'ai pas vue lors de mes 2541 passages précédents et que, grâce à madame Langdeau et à son défi, je vois apparaître, maintenant, ce matin. C'est de la véritable magie. Je regarde l'heure et il ne me reste pas beaucoup de temps avant le début des classes. Je me précipite dans le petit sentier fleuri qui s'engouffre tel un tunnel ou une grotte au milieu des pierres sur une bonne cinquantaine de mètres, semble-t-il. Je vais profiter de la demi-heure qui me reste avant le début des classes pour emmagasiner plein de détails qui me serviront pour ma composition. Après avoir marché 15 mètres, tout devient de plus en plus lumineux. Je continue à marcher, je dépose mon sac à dos et en sors mon petit carnet de notes. Madame Langdeau nous a donné, la veille, un carnet noir pour noter toutes les observations utiles à la composition de notre texte.

— Prenez des notes en observant la magie du quotidien. Demain vous pourrez vous en servir, nous a-t-elle dit avant que nous quittions la classe, la veille.

Encore sous le choc d'avoir découvert ce sentier, je continue à observer, mais je ne note rien pour l'instant. Je suis trop impressionné !

Une lumière très brillante semble se dégager de ces fleurs mauves. Devant moi, le sentier souterrain tourne sur la droite. Dix mètres plus loin, je vois une ouverture qui donne sur l'extérieur. La lumière du dehors est éblouissante. Je me précipite et ce que je vois…

— Quoi ? Juste à côté de chez moi, il y a un passage qui mène à ce domaine… à ce… paradis sur terre ? C'est tellement beau ! ! !

Je suis passé 2541 fois à côté d'un tel paradis. Je m'assois et je commence à dessiner et à décrire tout ce que je vois. En dix minutes, je note tout ce qu'il y a devant moi et je dessine surtout les fleurs mauves.

Puis, je glisse le carnet dans ma poche de veston et je cours le plus vite possible, en me promettant bien de revenir dans ce nouveau monde tout de suite après l'école.

En arrivant dans la classe, je croise Julien qui me fait un beau sourire. Fier de ma trouvaille et prêt à lui en mettre plein la vue avec mon carnet et mes découvertes, je lui demande s'il a observé quelque chose pour la composition. Il sort son carnet et me montre fièrement ses pages toutes blanches ! Pour l'impressionner, je fouille dans mes poches de veston au moment où madame Langdeau nous dit de nous asseoir. Une immense panique m'envahit quand je vois que ma poche de veston est trouée… plus aucune trace de mon carnet. J'ai dû l'accrocher sur une pierre… Madame Langdeau remarque mon trouble et me demande :

— Marc-Antoine, ça va ?

— Non, j'ai vu quelque chose d'extraordinaire ce matin !

— Je te l'avais bien dit !

— J'ai tout noté dans mon carnet noir et j'ai même fait des dessins… bizarrement le carnet, mon carnet, il n'est plus dans ma veste…

Madame Langdeau réagit évidemment très calmement.

— Je sens que ce que tu as noté là, c'est très important.

— Oui, où il est mon carnet ? Julien, c'est toi qui a fait ça ? Tu me l'as pris, hein ?

— Non, ce n'est pas moi, Marc-Antoine, vraiment pas !

— Marc-Antoine, dit madame Langdeau en essayant de me calmer, avant de chercher trop loin ou de plonger dans les accusations, essaie de te rappeler la dernière fois que tu l'as utilisé, la dernière fois que tu l'as vu, ton précieux carnet.

— Sur le chemin de l'école, je l'ai oublié dans cet endroit magnifique, à cinq minutes d'ici… Il a dû tomber de ma poche quand je me suis accroché sur le mur de pierre en sortant du tunnel… Ah! non, ce n'est pas vrai… j'avais écrit tellement de belles choses sur ce que j'y ai vu!

— Voyons, Marc-Antoine, lance rapidement Julien avec son sourire coquin, tu n'as pas besoin de ton carnet pour faire une bonne composition!

— Moi, oui, tu le sais bien… j'avais tout noté, j'ai vu le paradis ici juste à côté!

Julien s'est alors mis à rire. Madame Langdeau est même sur le point de l'accompagner. Mais elle voit tout de suite que je suis sérieux et, avec sa gentillesse habituelle, elle décide de s'adapter à la situation.

— Marc-Antoine, je te propose quelque chose: ce matin, note tout ce dont tu te rappelles et sur l'heure du midi tu repasseras à cet endroit spécial. N'oublie pas que tu auras une heure cet après-midi pour terminer ta composition !

—Oui, oui, c'est vrai ! Merci, merci ! Julien, tu viendras avec moi ? Tu es tellement rapide, tu vas m'aider !

—Aucun problème ! dit Julien en souriant.

—Merci, madame Langdeau !

Audacieux, il montre alors son carnet noir :

—De toute façon, je vais pouvoir l'aider à tout retrouver parce que, moi, tout ce que j'ai observé depuis hier est noté dans mon carnet, alors ma composition est déjà presque terminée.

—Dans ce cas-là, allez-y tout à l'heure.

Pendant toute l'heure qui a suivi j'ai bien tenté de me rappeler certains faits de ce que j'avais vécu ce matin, mais je ne pensais qu'à mon petit carnet. La matinée m'a semblé très, très longue ! En sortant pour aller dîner, madame Langdeau s'est approchée de moi :

— Une consigne à respecter : arrivez ici à l'heure, même si vous ne retrouvez pas le carnet, d'accord ?

— Promis ! dis-je en prenant mes jambes à mon cou et en entraînant Julien avec moi.

Je suis prêt à partager ce trésor avec mon ami. Il y a au bout de ce sentier tant de merveilles qu'il y en a bien assez pour deux. Je sais que Julien n'a rien observé du tout et que sa composition sera un désastre. Alors, je vais lui montrer un monde qui va sûrement l'inspirer. Lui-même cet après-midi, voudra peut-être changer certaines choses dans sa propre composition.

En chemin, je suis bombardé de mille questions par Julien.

— Ce n'est pas vrai ton histoire de carnet, hein ?

— Oui, il a dû tomber dans le tunnel de pierre !

— Un tunnel de pierre ?

Pour le préparer à ce qu'il va voir, j'arrête de courir et le regarde droit dans les yeux.

— Julien, ce que j'ai vu est vraiment incroyable !

— Oui, oui, j'en suis sûr ; tu as trouvé un trésor et tu voudrais bien le partager avec moi. Mais malheureusement, il y a des hommes coupeurs de têtes qui protègent le trésor juste à côté de chez nous et nous serons en danger, c'est ça ?

Julien, comme à son habitude, se met rapidement à rire de moi.

— Peut-être qu'il y a vraiment un trésor. Julien, tu sais le mur de pierre dans la côte de la rue de la Myrtille ?

— Quoi ? Tu as vu que le mur n'est pas en pierre mais en or ?

— Julien, arrête de dire des niaiseries et suis-moi, vite.

Pour la première fois depuis que nous nous connaissons, je cours plus vite que lui. Après tout, nous n'avons pas beaucoup de temps pour trouver mon carnet et pour admirer le tunnel et le paradis qu'il y a de l'autre côté. J'ai tellement hâte de lui montrer cette ouverture dans la pierre. Peut-être l'a-t-il déjà vue ?

Arrivé en haut de la côte, je cours de reculons, pour faire face à Julien qui n'en revient pas de ma soudaine rapidité.

— Marc-Antoine, tu es devenu un athlète olympique ou quoi ? Je ne t'ai jamais vu courir aussi vite. Je commence à croire à ton histoire de trésor, moi !

— Viens, tu vas voir, il y a un tunnel dans la pierre, juste là ! Tu l'as déjà vu ?

Sans écouter sa réponse, je me retourne et je file vers le tunnel où mon carnet noir est sûrement tombé. Là, à ma grande surprise, je ne vois rien, absolument RIEN ! Là où ce matin il y avait un tunnel dans la pierre et des fleurs mauves inconnues menant à un paradis, il n'y a plus rien. Julien arrive quelques secondes derrière moi et, contrairement à son habitude, il ne rit pas de me voir dans un tel état de catastrophe.

— Qu'est-ce qu'il y a, Marc-Antoine ? Pourquoi tu fais ce visage-là ?

Je ne l'écoute pas, je m'occupe plutôt à toucher toutes les pierres, une à une.

— C'était pourtant ici, juste ici ! Je ne comprends pas. Les fleurs mauves, où sont les fleurs mauves ? CE N'EST PAS POSSIBLE, LE TUNNEL, OÙ EST LE TUNNEL ?

— Chut, chut, chut ! Marc-Antoine, arrête de hurler, on va se faire remarquer.

— Je ne comprends pas, Julien, il y avait des fleurs mauves et un tunnel juste ici, il y a à peine 3 heures.

Je dois faire peur, parce que Julien me prend par les épaules et me regarde droit dans les yeux, puis il me dit calmement :

— Marc-Antoine, arrête, tu me fais peur ! Ça fait dix ans que je passe ici et que je joue devant ce mur, il n'y a pas de tunnel ici… et il n'y en a jamais eu !

— Mais les fleurs mauves et le paradis de l'autre côté du tunnel ? Julien, je suis fou ou quoi ?

— Calme-toi, Marc-Antoine, calme-toi, tu travailles toujours tellement fort à l'école, tu veux tellement réussir, tu as sûrement inventé ça. Ou tu l'as rêvé !

— Pourtant, j'ai tout noté… Julien, mon carnet, il est dans le tunnel. IL FAUT RETROUVER LE TUNNEL !

— HEILLE ! ÇA VA FAIRE, MARC-ANTOINE, dit-il en criant, tu me fais peur ! IL N'Y A PAS DE TUNNEL ICI. Viens, on retourne à l'école, tu feras semblant d'avoir découvert un trésor dans ton dentifrice ! Tu écris tellement bien et tu as tellement d'imagination, monsieur La Lune, que tout sera parfait.

Après quelques moments d'hésitation et ne pouvant pas faire autrement, je dois me rendre à l'évidence. Je suis Julien jusqu'à l'école. Durant le trajet, il essaye de faire quelques blagues, mais il voit bien que je suis sérieux à propos de mon histoire et il n'insiste pas trop.

CHAPITRE 2

La lune

Voilà donc l'état dans lequel je me retrouve 15 minutes plus tard, en classe, devant mes feuilles presque blanches. Madame Langdeau s'approche de moi et, compatissante, me murmure à l'oreille :

— Marc-Antoine, fais confiance à ta mémoire, tu n'as pas ton petit carnet noir, mais tu peux l'imaginer dans ta tête, ton carnet, le visualiser et te rappeler tout ce que tu y avais écrit…

— … et dessiné !

— … et dessiné aussi.

— ... des fleurs qui n'existent pas ailleurs !

— Vas-y ! L'important, pour cette composition, est que tu décrives quelque chose de vraie que tu as vue et que tu ne voyais pas avant.

Pour le temps de rédaction qu'il nous reste, je me décide enfin à tout décrire comme je l'ai vécu. Vers la fin de l'avant-midi, je lis donc, devant toute la classe, mon expérience du matin. J'omets toutefois de dire que le tunnel n'est plus visible. Tous les élèves sont bouche bée devant cette histoire, eux qui passent par là chaque matin pour la plupart. Ils semblent me croire dur comme fer. Madame Langdeau m'adresse de nombreux compliments et me dit même que mon travail va sans doute me valoir une note de plus de 95 %, ce qu'approuve toute la classe en m'applaudissant. Sauf Julien qui se lève et dit :

— Madame Langdeau, je m'excuse de vous dire ça, mais mon ami a menti. Je suis allé avec lui au mur de pierre ce midi et il n'y a pas de tunnel.

Madame Langdeau, perplexe, ne peut faire autrement que de me donner immédiatement zéro, puisque je n'ai pas suivi les consignes. Pourtant, moi je n'en démords pas, le tunnel existe vraiment.

— Vous n'avez qu'à venir avec moi, proposé-je à tout le monde, frondeur.

Madame Langdeau, très mal à l'aise devant mon insistance, décide soudainement d'entraîner toute la classe dans une excursion inattendue.

— Allons voir ce que Marc-Antoine dit et, puisqu'il s'agit d'un exercice d'observation, essayons de trouver ce tunnel, s'il existe. Marc-Antoine, il est encore temps de nous dire la vérité au lieu de déplacer ainsi 25 personnes.

Comme je ne démords pas de mon histoire, on se dirige tous à la queue leu leu vers le mur de pierre. À mon grand désespoir, et comme Julien ne cesse de le répéter à tout le monde durant le trajet, je dois me rendre à l'évidence : il n'y vraiment aucune trace d'un tunnel, ni de mon carnet noir, ni de ces fleurs mauves lumineuses dont je parle dans mon texte. Je n'y comprends plus rien moi-même.

Julien s'approche de moi et, tout de même très gentil, me dit :

— Tu sais, Marc-Antoine, même si tu es toujours dans la lune, tu as une imagination incroyable, je t'admire. J'aurais tellement aimé que ton histoire soit vraie !

— C'est pour ça que tu m'as dénoncé devant toute la classe, peut-être ? Tout un ami que j'ai là ! Puisque je te dis que mon histoire est vraie…

Je le quitte, assez fâché de la situation.

CHAPITRE 3

Monsieur Bancovitch

Après l'école, évitant la compagnie de Julien, je reviens vers le mur de pierre. Le zéro dans ma composition ne me dérange pas vraiment, car moi je sais que tout ce que j'ai écrit dans mon texte est vrai… Parfois, je me demande quand même :

— Est-ce que je vis dans les nuages, dans la lune ou dans les étoiles ? J'avoue que durant toute la journée, j'ai pensé que j'étais devenu fou. Ce mur de pierre, comment a-t-il pu se refermer comme ça ?

Encore une fois, je me décide à l'explorer de fond en comble et je n'y trouve rien qui puisse me permettre de croire qu'il y a déjà eu un tunnel ici ce matin. Me rappelant ce que j'ai vu de l'autre côté, je décide d'escalader le mur. À ma grande surprise, je me rends compte que sur le haut du mur, les pierres sont toutes enduites d'un lichen très glissant. Je manque de tomber trois ou quatre fois, mais j'arrive à m'accrocher à une branche de vigne qui sort des rochers. Je réussis tant bien que mal à me hisser enfin jusqu'en haut du mur.

Au moment où j'y parviens, ma déception est grande. Moi qui croyais pouvoir revoir ce que j'ai vu ce matin, je me retrouve face à un épais amalgame de branches et de feuilles de vigne qui grimpent dans les airs sur au moins huit mètres. J'essaie de passer mes mains et mon visage au travers, mais je me cogne à une clôture en fer forgé et à des barbelés. Je sens qu'il y a vraiment un monde caché derrière tout ça, mais je n'arrive pas à y pénétrer. Je marche alors sur le haut du mur pour tenter de contourner ces obstacles. Partout les issues sont bloquées. Soudain je perds pied et je chancelle… je réussis à m'agripper à une vigne qui m'empêche momentanément d'aller me fracasser le corps sur le trottoir.

Toutefois, la vigne s'étire de plus en plus et je descends bien malgré moi à une bonne vitesse vers le sol, m'éraflant le corps sur le mur de vieilles pierres. Puis, au moment où je sens que le danger est écarté, la vigne me retenant dans les airs se casse d'un coup et je tombe en criant. Heureusement, je suis presque rendu au sol. Les vignes m'ont retenu juste assez longtemps pour que le pire soit évité. Je me fais un peu mal aux hanches, mais je ne m'érafle même pas le visage, puisque ma joue atterrit sur mon petit carnet noir qui vient de réapparaître sur le sol devant le mur de brique, comme par magie. Il est enveloppé de vignes et de branches d'où dépasse une petite fleur mauve.

— Qui a bien pu le remettre là ?

Je l'ouvre et je retrouve ce j'y ai écrit ce matin. Puis, en regardant mes dessins de la fleur mauve, j'ai la grande surprise d'y lire des remarques écrites d'une autre main que la mienne.

— Quelqu'un me joue un tour, c'est certain.

Voici ce qui est écrit dans mon cahier à côté de mon dessin de la plante mauve : *Très beau dessin, monsieur. Cette plante s'appelle La Bancovitch, c'est une plante que j'ai inventée moi-même. Elle a la propriété d'emmagasiner de la lumière. On pourrait presque dire qu'elle est un réverbère naturel.*

— Mais qui a écrit cela ?

Je m'approche du mur et je crie très fort :

— Hé ! ho ! Il y a quelqu'un derrière ?

Toute la soirée, j'essaie de faire le tour de ce mur pour rejoindre ce monde que j'ai aperçu de l'autre côté du tunnel, mais je ne trouve aucun accès.

Au moins, maintenant, je suis rassuré, je n'ai pas rêvé. Avant de partir, j'écris un mot dans mon carnet :

— Où est le tunnel ?

Je déchire la page et je la coince entre deux pierres. Qui sait ? Celui qui me joue un tour me répondra peut-être ?

En cherchant sur Internet, je me rends compte que la plante La Bancovitch n'existe pas. J'avais espéré que tout ce que j'avais vu de l'autre côté du mur, surtout ces fleurs magnifiques, se retrouverait là, sur un site, en photo. Mais tout semble indiquer que j'ai vraiment rêvé. Toutefois, je trouve plusieurs personnes du nom de Bancovitch, un musicien, un acrobate, un artiste-peintre aussi....

Il y en a même un, Rudolph Bancovitch, qui a travaillé pour le Cirque des Étoiles, en Russie, durant plusieurs années. C'était un clown acrobate. Il est reconnu pour avoir créé, avec une partenaire qui s'appelle Mademoiselle Lia, des numéros de cirque exceptionnels. Tout cela ne me mène toutefois nulle part. Je n'y vois aucun rapport avec le tunnel introuvable.

Ce soir-là, Julien m'appelle au moins quatre fois pour me répéter que ce n'est pas grave d'être dans la lune et, surtout, qu'il s'excuse d'avoir de la difficulté à me croire. Il me dit :

— Un jour, tu seras un écrivain célèbre, un poète ou même un astronaute.

Il n'arrête pas de rire gentiment de moi, mais je sens bien au fond qu'il est intrigué par toute cette histoire.

Les lumières éteintes, couché sur le dos dans mon lit, je ne m'endors pas. Après avoir pensé pendant plusieurs heures à ce monde fantastique, je me demande :

— Est-ce que je suis vraiment fou ? Peut-être que Julien a raison et que tout ce que j'observe autour de moi et que j'aime tant décrire sous forme d'histoires dans mes cahiers de français est faux.

Une chose est certaine, les coquineries de Julien, elles, sont vraies ! À dix heures et demie, alors que mon esprit sombre dans le sommeil, une lueur apparaît à la fenêtre de ma chambre.

Je me lève d'un seul coup et j'ouvre ma fenêtre en criant :

— Julien, s'il te plaît, laisse-moi dormir !

— Houououou ! me répond une voix fantomatique.

Sans hésiter et sans réveiller mes parents et ma petite sœur, je cours le rejoindre en bas et je le surprends à planter des fleurs mauves un peu partout sur mon terrain. Julien est le gars le plus paresseux que je connaisse à l'école mais le plus ingénieux et infatigable quand il s'agit de jouer un tour à ses amis. Par malchance, je suis son meilleur ami ! Et là, il a décidé de tout faire pour me faire payer mon histoire de tunnel.

— Julien, tu ne dors jamais toi ?

En me lançant des fleurs mauves qu'il a probablement découpées dans des vieux vêtements, il n'arrive plus à s'arrêter de rire. Il est complètement idiot, mais je l'adore. Je sais que s'il fait tout cela, c'est qu'il est intrigué par mon histoire. Mais il ne l'avouera jamais.

— Julien, viens ici, arrête de faire du bruit et viens prendre un chocolat chaud !

Julien habite juste à côté de chez moi. Je le connais depuis toujours. On n'a jamais vu deux meilleurs amis aussi différents l'un de l'autre. Il est nerveux et sportif, je suis poète et scientifique. Je suis respectueux de tout un chacun, je ne mets jamais mes coudes sur la table en mangeant et je vouvoie tout le monde, alors que Julien est un excentrique qui invente toujours une nouvelle façon de faire différemment des autres.

Lors de mon sixième anniversaire de naissance, il m'a donné comme cadeau des arêtes de poissons collées sur une plaque de bois :

— C'est une sculpture, a-t-il dit devant mes parents éberlués, tu peux la jeter ou l'accrocher au mur de ta chambre. Fais-en ce que tu veux, mais laissez-moi vous dire que le poisson était très bon !

L'an passé, en camping, il a réussi à apprivoiser un écureuil au point où celui-ci dormait avec lui dans la tente. Sa mère est découragée de lui et moi aussi… mais allez savoir pourquoi, c'est mon ami ! Julien fait tout à sa façon. Sa casquette est jaune moutarde et ses cheveux sont longs à gauche et courts à droite. Alors s'il décide que je suis dans la lune et que tout ce que je dis est inventé, ce sera difficile de le faire changer d'idée. Pourtant…

— Julien, tu es très comique avec ta lune et tes fausses fleurs mauves !

— Ce ne sont pas de fausses fleurs mauves… Tu avais raison, dans le noir complet, elles dégagent une lumière mystérieuse !

— Julien, arrête de rire de moi, veux-tu ?

Sans que j'aie le temps de dire quoi que ce soit et pendant que je cherche à savoir, en les tâtant, comment il a fait pour fabriquer des fleurs qui ressemblent tant à celles que j'ai vues ce matin, il m'entraîne de force vers mon sous-sol.

— Viens, viens je te dis !

Arrivé au sous-sol, il éteint les lumières et, ô surprise, les fleurs commencent à bouger légèrement et à dégager une lumière qui s'intensifie progressivement. Au bout de deux minutes de silence, je peux voir Julien de la tête au pied et, pourtant, toutes les lumières sont éteintes.

— Julien, dis-je en essayant de comprendre son manège, arrête de rire de moi. Les fleurs que j'ai vues faisaient vraiment ça, mais toi, comment as-tu fait pour mettre une lumière là-dedans ?

Je sais que Julien, même s'il ne l'utilise jamais à l'école, a une intelligence au-dessus de la moyenne. Il peut, s'il le veut, créer une fleur lumineuse en moins de deux heures. Son père est ingénieur et sa mère est décoratrice. Après l'école, il a tout manigancé pour rire de moi. Il l'a fait sans que ses parents ne se doutent de rien. Il a sûrement réussi à sortir de chez lui quand son père et sa mère se sont endormis devant le téléviseur. Il a tout fait cela pour me jouer un tour. Il retournera se coucher sans que jamais ses parents ne se doutent de rien.

— Julien, dis-je en riant et en chuchotant pour ne pas réveiller la maisonnée, tu es un génie… et même si tu ris de moi, mon tunnel et ces fleurs existent vraiment.

— Je sais où il est, ton tunnel ! me dit-il alors en regardant rapidement l'heure sur sa montre.

— Quoi ?

— Je t'ai suivi après l'école et je t'ai vu grimper sur le mur de pierre !

— Quoi ? Toi ? Alors, tu crois à mon histoire ?

— Je ne sais pas si j'y crois, mais je sais que toi tu y crois tellement que… tu as réussi à faire de la magie ! Avec tes mots et tes histoires… ce que tu as inventé s'est matérialisé ! Regarde !

Il me tend le petit bout de papier que j'avais laissé sous une pierre à côté du mur avant de rentrer à la maison. Sur ce papier, à côté de ma question « Où est le tunnel ? », une réponse est écrite en rouge sang : « Le tunnel s'ouvrira ce soir à onze heures ! »

— Quoi ! ?

Je n'arrive pas à en croire mes yeux ! Puis, je me rappelle qui est devant moi !

— Julien, tu n'en es pas à une invention près ! C'est toi qui a fait ça, c'est ton écriture, non ?

— Marc-Antoine, tu peux croire ou ne pas croire ce que tu veux et je t'avoue que je t'ai entraîné dans mille et une histoires incroyables, et j'adore te faire suer, mais là, ce n'est pas moi… J'ai vu ce papier… tout à l'heure devant le mur… Il n'y avait pas de tunnel, mais il y avait ces fleurs mauves juste à côté ! C'est pour ça que je suis venu te chercher !

— Julien, je retourne me coucher ! Je hais quand tu me fais marcher ! J'ai vraiment vu ce tunnel et ce passage, et toi tu veux continuer à rire de moi !

— Comme tu voudras, Marc-Antoine, moi je vais assister à l'ouverture du tunnel. Dans dix minutes, il sera onze heures !

Sans me dire un seul autre mot, il se dirige d'un bon pas vers la porte de sortie de la maison. Je ferme la porte à clef et je remonte me coucher. Puis, un doute m'envahit. Ce Julien est capable du meilleur et du pire, et si, pour une fois, il ne mentait pas? Encore en pyjama, je remarque qu'il est onze heures moins cinq. Je décide alors de partir à sa poursuite sans même prendre le temps de m'habiller. Dans la maison, personne ne s'est réveillé. Le mur de pierre est à moins de cinq minutes de chez moi. Dehors, il fait beau. Dans la rue qui mène à la côte de la Myrtille où se trouve le mur de pierre, je ne vois aucune trace de Julien. Je devine bien qu'il est en train de me faire une autre de ses énormes blagues, mais je ne prends aucun risque et je plonge tête première dans une course effrénée vers le mur qui hante de plus en plus mes esprits.

La côte de la Myrtille bordée de toutes ces clématites est complètement déserte. Je regarde ma montre, il est onze heures moins deux. Je cours de toutes mes forces et je m'arrête devant l'endroit où j'ai vu le tunnel ce matin. À ma grande déception et sans grande surprise, je me retrouve encore une fois devant un mur sans ouverture et sans tunnel. Autour, il n'y a personne. Je me rends alors rapidement compte de ma naïveté : Julien m'a encore monté un bateau. Je trouve cela plutôt amusant. Puis, j'entends le bruit d'une voiture qui monte la côte. Gêné que des étrangers me voient en pyjama à minuit dehors, je grimpe rapidement sur les pierres et je me cache tant bien que mal au milieu des fleurs et des plantes grimpantes. Au moment où l'automobile passe devant moi, une main me saisit par le cou et une autre se pose sur ma bouche pour m'empêcher de crier. Dans mes oreilles, j'entends une voix colorée d'un accent étranger :

— Le tunnel t'entraînera vers la mort ! Les lumières que tu as vues ce matin sont les lumières de l'au-delà !

Croyant ma dernière heure arrivée, je repousse le fantôme étranger et je me mets à hurler de tout mon souffle. Je grimpe encore plus haut sur le mur et je m'apprête à courir sur ce mince appui quand l'étranger me rattrape et éclate d'un rire démoniaque. Toutefois, déjà, j'ai reconnu ce Julien de malheur.

— Hé ! hé ! hé ! Marc-Antoine, arrête de crier, tu vas réveiller les morts !

— Julien, où trouves-tu toutes ces idées ?

— Chut ! Marc-Antoine !

Sur le bras gauche de Julien, sa montre se met à sonner. Julien l'arrête !

— Il est onze heures, Marc-Antoine ! Selon le message, le tunnel va s'ouvrir !

— Julien, arrête tes folies, c'est toi qui a écrit ça sur mon papier.

— Silence, ne parlez pas si fort, tout ceci est secret !

Bien adossée au mur, une toute petite ombre s'adresse à Julien et à moi d'une voix tremblotante à l'accent étranger.

— Chut ! Marc-Antoine, il y a quelqu'un !

— Quoi ? Tu es sûr ?

— Oui, regarde, il est là en bas !

Mais l'ombre a disparu de notre vue. Tout doucement et en silence, nous descendons du mur et nous nous approchons de l'endroit où se trouvait l'étranger il y a quelques secondes. À la grande surprise de Julien et à mon grand bonheur, l'ouverture dans le mur est là, bien visible et bien réelle, devant nos yeux.

— Qu'est-ce qu'on fait ? me demande Julien.

— Allons-y ! dis-je, conscient du moment extraordinaire que nous sommes en train de vivre. Tu me croyais alors, Julien ?

— Je ne sais pas pourquoi, mais malgré toutes les fois où tu pars dans la lune, je te crois toujours. Viens, on y va !

J'ai beau lui répondre oui, nous restons encore une fois tous les deux figés sur place.

Il faut dire que le tunnel s'offre à nous dans l'obscurité la plus totale. Puis, une main sort de l'ouverture au milieu du mur de pierre et nous tend deux fleurs mauves.

— Allez, les gars, vous avez fait tout ce chemin-là, suivez-moi maintenant.

La voix, très curieuse et rauque, est toutefois gentille et rassurante. Je garde une des fleurs et tends l'autre à mon ami, beaucoup moins fanfaron qu'à l'accoutumée. À mesure que nous marchons dans le tunnel noir, les fleurs commencent à dégager une toute petite lueur. Puis, progressivement, le tunnel s'illumine joyeusement. Marchant devant nous, un tout petit homme, un nain pas plus haut que ma petite sœur de huit ans, nous guide en boitillant vers le paradis que j'ai observé ce matin. J'ai hâte de le revoir, car nulle part, même pas dans ma composition de ce matin, je n'ai osé décrire ce monde mystérieux et inconnu. D'un autre côté, Julien et moi, sans même nous parler, sentons soudainement monter en nous une crainte terrible. Si cet homme était un fou, un meurtrier, un fantôme ! Je m'arrête, je le regarde et en moins de deux secondes, je me retourne et je cours à vive allure vers la sortie du tunnel. Julien me suit sans hésiter. Devant nous, toutefois, le mur se referme. Julien, d'habitude très brave, se met à gratter et à donner des coups d'épaule dans le mur pour essayer à tout prix de revenir dans le monde connu.

— Nous sommes prisonniers, nous sommes foutus, nous sommes morts, Marc-Antoine !

— Non, non, non, tout va bien, tout va très bien ! dit doucement le petit homme qui nous rejoint.

Sans perdre une seconde, il regarde par un petit trou dans le mur et, ne voyant personne dans la rue, il fait fonctionner un mécanisme qui ouvre le passage.

— Allez-y, partez! Il n'y a rien de magique ici, dit le petit homme! Je vis ici, je m'appelle monsieur Bancovitch et, comme vous m'avez trouvé, je voulais vous laisser venir dans mon monde, c'est tout! Mais partez, je ne vous retiens pas!

Julien et moi sortons dans la rue. Puis, au moment où le mur de pierre commence à se refermer, je me décide enfin!

— Monsieur Bancovitch, attendez!

Le mur se fige alors, à moitié fermé.

— J'ai eu un peu peur, mais je suis prêt à aller là-bas avec vous!

— Moi aussi! dit Julien.

Le mur s'ouvre à nouveau puis, après notre passage dans le sentier, il se referme derrière nous, et nous voilà partis vers un monde incroyable de découvertes qui vont bouleverser toute notre vie.

CHAPITRE 4

Rudolph le mystérieux

Pendant une semaine, Julien et moi multiplions les visites chez Rudolph Bancovitch, un être humain tout à fait ordinaire en un sens et totalement extraordinaire dans bien d'autres sens.

Ordinaire, car il existe vraiment : il a un cœur, deux jambes, deux mains, deux yeux, etc. C'est un être humain qui respire et mange comme nous tous. Sa particularité est qu'il ne mesure qu'un mètre 55. C'est un adulte de 32 ans qui a décidé, il y a deux ans, de se retirer complètement de la vie quotidienne et du reste de l'humanité.

C'est de cette façon-là qu'il est totalement extraordinaire. Il réussit à vivre dans la même ville et dans le même quartier que Julien et moi, et pourtant, sans cette merveilleuse initiative de madame Langdeau, je n'aurais jamais su qu'il existait. Il est extraordinaire aussi parce qu'il a décidé de se créer un monde unique et vraiment fantastique.

Quand nous arrivons au bout du tunnel, nous avons l'impression d'atterrir sur une autre planète ou dans un autre pays. Il vit dans un environnement entièrement coupé du monde extérieur par des clôtures en fer forgé. Recouverte de plantes grimpantes pouvant monter jusqu'à 15 mètres dans les airs, son immense propriété ne peut être vue que du ciel. Aussi, il y a installé des miroirs qui brouillent la vue des curieux qui voudraient l'observer du haut des airs. Seuls les oiseaux peuvent à leur guise admirer son paradis !

Une modeste maison en bois trône sur une petite colline entourée de jardins, de potagers, de plusieurs dizaines d'arbres fruitiers (pommiers, poiriers et cerisiers, entre autres), de ruisseaux et de fontaines multicolores. Des mangeoires d'oiseaux installées ici et là font en sorte que nous avons pu, Julien et moi, en une seule semaine, reconnaître et identifier 104 espèces d'oiseaux différentes.

— Julien, tu as vu? Les plantes mauves qu'il a plantées partout produisent non seulement de la lumière, mais aussi de la chaleur, et cela seulement au besoin, comme si les plantes étaient intelligentes. Ce qui fait en sorte que la température sur la totalité de son terrain est douce à longueur d'année.

Pendant qu'à deux pas, de l'autre côté de la clôture, il tombe parfois 40 centimètres de neige, chez lui, notre nouvel ami peut vivre en culotte courte et en petit chandail d'été.

Rudolph Bancovitch est un génie de l'invention. Dans son potager et ses jardins, il réussit à faire pousser des légumes à longueur d'année. À l'aide de pierres trouvées sur son terrain, il a bâti un système de filtration naturel qui lui procure une eau pure et limpide. Végétarien depuis longtemps, il partage depuis une semaine maintenant au moins un repas par jour avec Julien et moi.

Aujourd'hui, il nous fait une salade aux couleurs innombrables. Récoltant les fleurs de nombreuses plantes, et connaissant leurs facultés nutritives, il a réussi à devenir autonome et à ne plus jamais sortir de son domaine.

— Mmmm, très bon !

— Est-ce que je peux en apporter à ma mère ? demande Julien.

— NON ! hurle presque monsieur Bancovitch en s'éloignant rapidement de nous pour aller manger sa salade assis sur une roche, située 100 mètres plus loin, en regardant la rivière.

C'est la première fois que ce drôle de monsieur nous parle durement. Julien veut aller lui parler, mais je l'arrête aussitôt.

— Julien, laisse-le, je pense qu'il veut que personne ne sache qu'il existe. Si nous apportons ces salades en dehors d'ici, si nous disons à nos parents qu'il est là, si nous parlons de tout ça à quelqu'un, il deviendra un objet de cirque et…

Au moment où je dis ces mots en parlant pourtant très, très bas à mon ami, monsieur Bancovitch se retourne et nous crie avec son drôle d'accent :

— VOUS AVEZ RAISON, JE NE VEUX PLUS DEVENIR UNE BÊTE DE CIRQUE.

Comment a-t-il fait pour entendre nos propos de si loin ?

Au fil des jours, nous avons appris tellement de choses sur notre ami Rudolph

Bancovitch. Tout d'abord, il a une ouïe hors du commun. Il peut entendre un petit murmure à plus de 500 mètres. Je sais aussi que c'est lui qui a inventé la plante mauve qu'il appelle La Bancovitch lumineuse. Grand amoureux des plantes, il a tenté et réussi plusieurs croisements entre des plantes qu'il a trouvées ici et c'est progressivement qu'il a pu créer cette merveille.

Un jour, il nous a regardés droit dans les yeux à notre arrivée dans le sentier secret, il a refermé le mur de pierre qui cache ce sentier lumineux magnifique et il nous a dit :

— Maintenant, j'ai confiance en vous deux ! Depuis le temps que vous venez, vous ne l'avez dit à personne. Merci de ne rien révéler de mon secret !

Alors, il nous a montré le mécanisme qui permet d'ouvrir et de refermer le passage secret. Une petite manette enfouie au milieu des pierres, sur laquelle on tire tout doucement en même temps qu'on pose le pied sur une deuxième manette, et le tour est joué, le mur glisse sur des rails.

— Wow, super! Je peux essayer?

Julien et moi avons répété les mêmes gestes, conscients de l'importance du moment. Sur le sentier, un autre mécanisme permet de refermer le tout sans le moindre bruit. Tout est secret et bien camouflé.

Un soir, pendant une heure, il nous fait visiter une petite pièce de sa maison où il garde ses trophées et tous les articles qui ont été écrits sur lui et sur ses exploits. Nous l'écoutons silencieusement:

— Je suis né en Russie dans un cirque, une heure avant une représentation. Maman était acrobate et papa dompteur de tigres. Pendant vingt ans, j'ai voyagé à travers le monde pour devenir le meilleur acrobate. Un jour, pourtant, j'ai décidé d'abandonner, car j'en avais assez de faire rire les gens. Je me suis donc installé dans ce paradis, ici, sans le dire à personne.

Rudolph se tait mais je sens qu'il ne dit pas tout. Qu'est-ce qu'il nous cache? Je l'écoute continuer son monologue:

— C'est depuis ce jour que je reste tranquille et que j'ai découvert ma passion pour le jardinage.

Julien prend la parole:

— Plus tôt, ce soir, vous avez sauté d'un pommier à l'autre, habile comme un singe. On aurait dit que vous voliez!

Rudolph s'est aussitôt retourné vers nous et il s'est mis à mimer les gestes et les cris d'un singe en riant et en sautant d'arbre en arbre. Jamais, jusque-là, nous ne l'avions vu aussi joyeux.

CHAPITRE 5

L'entrée de la professeure

Quelques jours plus tard, Julien et moi, sommes allés voir Rudolph. Nous sommes entrés dans le sentier sans nous faire voir de personne, comme à notre habitude. Puis, nous avons aidé monsieur Rudolph à travailler dans son potager.

— Vous voyez, les garçons, c'est simple : il suffit d'enlever les mauvaises herbes et de s'occuper TOUS LES JOURS de ces plantes, sans quoi je n'aurais rien à manger !

En regardant monsieur Bancovitch cultiver des plantes comme s'il dansait le ballet ou comme s'il donnait un spectacle d'acrobatie en sautant avec agilité au-dessus des plantes et des arbustes, j'ai tout de suite pensé à ma classe et à mon école.

— Julien, dans ma composition pour laquelle j'ai eu un magnifique zéro, je n'ai pas parlé de Rudolph et de tous ses talents. Mais maintenant que je le connais, je veux tant faire connaître à tout le monde le génie de notre nouvel ami. Ça ferait telle-ment plaisir aux gens de notre classe de connaître cet être extraordinaire. Le pro-blème est que personne, sauf toi, Julien, ne me croit, surtout pas madame Langdeau.

— Tu devrais essayer quand même. Madame Langdeau te croit peut-être un peu ?

* * *

— Bonjour à vous tous ! dit madame Lan-gdeau à toute la classe. Aujourd'hui, je donne le résultat de vos compositions. Marc-Antoine a déjà eu zéro mais pour les autres, n'oubliez pas que nous nous baserons sur le récit gagnant pour déterminer notre grand projet de l'année. Mon choix a été difficile. Une histoire m'était apparue très prometteuse, dit-elle en me regardant, et aurait pu gagné la palme haut la main, mais je dois m'en tenir à des histoires vraies ! Bon !

J'interrompt ma professeure :

— Madame Langdeau, est-ce que je peux vous voir deux minutes ?

L'histoire de monsieur Rudolph est si extraordinaire que je ne peux plus garder ce secret pour moi. J'entraîne donc ma professeure dans le corridor et je lui demande de me donner une deuxième chance :

— Donnez-moi jusqu'à demain matin et je vais vous étonner. Ce soir après l'école, j'ai une surprise pour vous. Rendez-vous avant le souper devant le mur de pierre de la rue de la Myrtille !

— Marc-Antoine, j'espère que cette fois-ci c'est sérieux, sinon j'appelle tes parents !

— Faites-moi confiance !

Encore une fois, elle accepte de jouer le jeu et de remettre son choix au lendemain. J'ai derrière la tête un plan extraordinaire. J'espère que tout va fonctionner comme je le veux. Le soir, je rejoins madame Langdeau.

— Madame Langdeau, vous voyez ce mur de pierre ?

— Oui !

— Eh bien, derrière, il y a un monde extraordinaire !

— Marc-Antoine, s'il te plaît, j'ai lu ton texte, tu as une superbe imagination et je vais même te permettre d'utiliser ce texte pour les prochaines étapes d'écriture mais là, tu devais décrire quelque chose de vrai ! Il y a d'autres écrits superbes et la classe...

— Tout est vrai dans ce que j'ai écrit. Il y a même des choses beaucoup plus fantastiques que je ne vous ai pas dites, mais ne révélez rien à personne d'accord ?

Sans plus de préambule, je lui demande de fermer les yeux et, en manipulant les manettes, j'ouvre le mur. Je l'entraîne dans le tunnel et juste avant de refermer le tout, je lui permets de regarder. Elle est tout simplement ES-TO-MA-QUÉE ! Pour une rare fois, elle n'arrive pas à dire un mot !

— C'est... c'est... donc vrai ?

— Tout à fait. Je vous ai même caché quelque chose ou plutôt quelqu'un que je veux vous présenter. Attention, il ne sait pas que vous êtes là et il est très timide !

Je craignais quelque peu l'accueil de Rudolph, mais à ma grande surprise, il a reçu madame Langdeau en lui faisant une révérence et en lui offrant un jus de fruit délicieux. Au bout d'une heure de conversation distinguée, il nous reconduit jusqu'au mur de pierre en nous demandant de garder notre visite secrète. Le soir, je réécris ma composition en y ajoutant tout ce qui a trait à la vie passée de monsieur Bancovitch. J'insiste sur son grand talent de clown de cirque.

Je dors à peine une heure, puis je me rends à l'école où je demande la permission à madame Langdeau de lire ma nouvelle composition :

— Je sais que ce n'est pas juste et je ne fais pas ça pour avoir une meilleure note. Non, je fais ça parce que je veux vous faire connaître quelqu'un qui vit dans notre quartier et qui est extraordinaire. Grâce à l'idée de madame Langdeau d'observer nos gestes quotidiens, j'ai découvert un passage secret. J'ai surtout découvert un génie du cirque.

CHAPITRE 6

Les cours d'acrobatie et de cirque

Madame Langdeau n'ose pas donner la meilleure note à ma composition, parce que je l'ai faite après tout le monde mais, à sa grande surprise, tous les élèves de la classe ont insisté pour que notre projet d'année soit basé sur cette histoire. Nous allons monter un spectacle de cirque.

— Je ne suis pas certain qu'il va vouloir nous aider! dit alors Julien.

— Je ne suis même pas certain qu'il va vouloir nous rencontrer! ai-je aussitôt ajouté.

Julien et moi sommes un peu nerveux. Si notre ami nous en voulait d'avoir révélé son existence ?

Une semaine plus tard, madame Langdeau a eu le temps d'arranger bien des choses.

Elle nous annonce qu'elle va travailler avec nous toute la journée à l'élaboration du spectacle de cirque. Elle en a parlé à la directrice, qui est d'accord, nos parents ont été consulté un à un et tout le monde embarque dans le projet. Au bout de 15 minutes de discussion, j'ai la plus grande (ou plutôt la plus petite) surprise de ma vie. On entend cogner et toute la classe arrête de parler.

Madame Langdeau regarde par la fenêtre de la porte :

— Il n'y a personne, dit-elle. Continuons, donc…

— Regardez ! l'interrompt Julien en pointant le doigt vers la fenêtre.

Tel un spectacle de marionnettes, nous voyons dans la fenêtre de la porte une perruque qui vole, des cerceaux de toutes les couleurs qui passent d'un côté à l'autre, des balles qui tournoient et finalement un visage qui vient et qui repart. Il arrive d'en bas, puis d'en haut, puis du côté droit, puis du gauche. Chaque fois, sur le visage, on peut voir une grimace différente qui soulève dans toute la classe des rires immenses et sincères.

Je me lève et je cours vers la porte en criant très fort :

— Monsieur Bancovitch ! Julien, c'est notre ami monsieur Bancovitch ! Il vient nous aider, il est venu !

Puis, en me tournant vers la classe :

— C'est un acrobate, un clown, un artiste de cirque, comme je vous le disais ! Il va nous aider, je crois ! Madame Langdeau, c'est vous qui l'avez invité ?

En un instant magique, le génie de monsieur Bancovitch trouve le moyen de conquérir toute la classe. Julien et moi, ouvrons la porte toute grande. Il n'y a personne !

— Où est-il ? marmonne madame Langdeau.

À part des dizaines d'accessoires de cirque et de jonglerie qui trônent par terre, personne ! Puis, tous les élèves de ma classe, se lèvent et montrent du doigt l'autre côté de la porte, où monsieur Rudolph Bancovitch le magnifique, pas plus haut que trois pommes, a réussi à s'accrocher au rebord de la fenêtre dans une pose si comique que, trois heures après, nous en rions encore. Jamais nous n'aurions cru que le comique des clowns pouvait être si touchant en plus d'être drôle !

CHAPITRE 7

Tous prêts pour
le cirque du soleil

Pendant un mois et demi, Rudolph devient l'ami de tous les élèves de ma classe. Lui qui était timide et réservé, il est devenu un adorable metteur en scène de cirque.

— Vous connaissez le cirque, mon cher Rudolph ! lui dit souvent madame Langdeau.

De la jonglerie avec différents objets jusqu'à l'unicycle en passant par l'art de la sculpture humaine et en n'oubliant surtout pas les numéros clownesques classiques, il nous fait partager un savoir fantastique. Je n'ai jamais vu auparavant autant d'élèves être si tristes les vendredis :

— Oh, zut! deux jours sans voir Rudolph! dit un élève.

— Oui et sans faire de cirque! dit un autre…

Julien et moi sommes plus chanceux! Pour laisser plus de temps aux élèves durant la semaine, Rudolph nous montre des choses la fin de semaine. Chaque fois que nous passons une heure avec lui, il nous apprend quelque chose de nouveau pour notre numéro de clowns.

— Marc-Antoine, quand tu retournes la terre pour planter une graine de fleur, fais-le sur la pointe d'un seul pied et avance comme ça jusqu'au bout de la rangée.

— Julien, grimpe sur cette branche et arrose ce potager en te tenant à l'envers pendant quinze minutes. Tu dois apprendre à tout reconnaître en ayant la tête en bas!

— Les gars, aujourd'hui, vous allez manger debout comme si vous étiez des flamants roses. Toujours sur une seule patte, en vous imaginant que vous êtes des géants. Jamais vous ne regarderez votre nourriture ni ne dirigerez vos yeux vers le bas. Regardez toujours vers le ciel. À la longue, à force de vous exercer, vos doigts vont avoir des yeux. Votre tête pourra se concentrer sur le ciel et la légèreté !

Monsieur Bancovitch est un génie. Chaque matin, il devient de plus en plus un membre de la classe. Il s'intéresse tellement à chacun de nous et il cherche tant à nous aider à relever nos défis, que quatre semaines avant de présenter notre spectacle, nous sommes surpris, un matin, de ne pas le voir aussi souriant que d'habitude.

— Écoutez, mes amis, commence-t-il alors que nous sommes tous prêts à répéter nos numéros une fois, deux fois, trois fois, s'il le faut. Je suis un amoureux du cirque. Je suis aussi un amoureux de vous tous. Vous êtes mes grands amis, vous êtes tout ce que j'aime, maintenant. Je me sens dans mon pays avec vous, mais je ne vous comprends pas!

Un long silence se fait dans toute la classe. Jamais Rudolph ne nous a parlé comme ça! On sent dans sa voix que quelque chose le trouble.

— Qu'est-ce que vous voulez dire monsieur Rudolph?

Il me regarde poser ma question, il me sourit, puis il me demande de m'asseoir. Il s'approche de moi et me regarde avec une immense tristesse dans la voix. J'ai peur à ce moment-là qu'il me dise avoir décidé de s'en aller!

— Marc-Antoine, me dit-il en me regardant droit dans les yeux, je me demande si tu as les yeux fermés!

— Quoi?

— Le jour, quand tu viens ici, quand tu te promènes autour de tes amis, tu te fermes les yeux, n'est-ce pas?

— Non, jamais!

— Julien et Marc-Antoine, vos amis, vous les connaissez?

— Mais oui, voyons, dit Julien! Est-ce qu'on a fait quelque chose qui vous a déplu?

— Non, justement Julien, vous n'avez pas fait quelque chose!

Tous les jeunes de la classe ont tellement de respect pour monsieur Rudolph que personne n'ose bouger. Cela touche tout le groupe et tous, se sentent mal.

— Mes amis, commence-t-il alors dans un petit discours bouleversant. Est-ce que vous parlez à tout le monde ici? Est-ce que vous leur demandez s'ils ont des secrets, des joies secrètes, des peines secrètes ou des maladies secrètes? Si je vous dis, par exemple, que j'ai eu le cancer et que j'ai failli mourir, et que maintenant j'attends des nouvelles en espérant que la maladie ne reviendra pas bientôt, qu'est-ce que vous allez faire ?

— Je vais m'occuper de vous, monsieur Rudolph ! dis-je tout d'abord.

— Je vais faire comme tout le monde ici, continue Julien, je vais contacter des amis de mes parents pour que nous vous aidions à guérir et que nous nous occupions de vous si nous n'avons pas de bonnes nouvelles !

Le petit Mario prend aussi la parole :

— Moi, je vais organiser un radiothon ou un téléthon, en tout cas quelque chose qui finit par « thon » pour ramasser de l'argent au cas où vous en auriez besoin.

Maryna prend aussi la parole.

— Je vais vous présenter à ma voisine, elle est médecin !

— Ma mère va faire des prières pour vous ! dit Martin.

— Moi, je vais aller vous voir à l'hôpital, parce que c'est triste à l'hôpital quand nous sommes tout seul ou encore je vais vous accompagner quand vous allez passer les tests, dit Isabelle.

Toutes les mains se lèvent. Tout le monde veut parler. Rudolph sourit.

— Je m'attendais un peu à ça de vous et je suis très fier de voir tout ce que vous allez faire pour votre ami.

Je me suis alors senti totalement triste, car cela voulait dire, selon moi, que Rudolph a le cancer.

— Rudolph, je m'excuse de ne pas l'avoir su auparavant, je vous aurais appuyé davantage. Je ne savais pas que vous aviez le cancer.

— Je n'ai pas le cancer !

— Ah ! non ?

— Ce n'est pas moi qu'il faut aider, c'est Marie !

— Marie ?

Toute la classe se retourne et dévisage une élève. Ne pouvant supporter toute cette attention, elle, habituellement si discrète, se lève et se dirige vers la porte. Puis, la jeune fille se retourne vers madame Langdeau et lui demande :

— Madame, je peux aller aux toilettes s'il vous plaît ?

— Oui, Marie ! Prends ton temps, Marie !

Aussitôt que Marie est sortie, de longs murmures se répandent dans toute la classe.

— Mais, Rudolph, qui vous a dit ça ?

— C'est elle-même, hier. Elle a recommencé à être malade depuis deux mois maintenant et ça l'inquiète. Elle a peur et elle se sent très seule depuis quelque temps. Vous le saviez ?

Tous, Julien et moi en tête, baissons les yeux.

— Vous voyez comme c'est curieux parfois ? On passe des heures et des heures avec un groupe et on ne sait même pas ce qui se passe dans le cœur d'une personne en particulier ! Écoutez, je m'excuse, je sais que vous ne pouviez pas le savoir, mais je vais retourner chez moi pour aujourd'hui, je n'ai pas le cœur au cirque, vous me comprenez ?

— Oui, oui ! Vous allez revenir ? dis-je pour tout le monde.

— Je... je ne sais pas !

Rudolph sort de la classe et s'en va chez lui. Madame Langdeau nous laisse encaisser le choc de ces propos.

— Ses parents ne veulent pas qu'on le sache. Marie est nouvelle ici à l'école et elle veut qu'on oublie tout cela. Elle a eu un cancer sérieux il y a quelques années. Elle a guéri. Depuis, ses cheveux ont repoussé, sa vie a repris... Elle a failli mourir, mais s'est rétablie. Depuis quelque temps, cependant, elle recommence à avoir très mal. Monsieur Rudolph a senti cela, il lui en a parlé et elle était d'accord pour qu'on vous en parle. Elle ne veut pas la pitié… Elle a seulement très peur et elle a besoin d'aide! Vous comprenez?

Après un tout petit instant de silence, elle se lève et va chercher Marie.

— Marie, tu veux en parler ou préfèrerais-tu qu'on te laisse tranquille avec ça? lui demande madame Langdeau devant toute la classe.

— Je peux vous en parler maintenant. Je n'aime pas trop parler de ça, mais depuis deux mois je ne me sens pas bien. Je viens de passer tous les tests. Les médecins vont me rencontrer la semaine prochaine pour faire d'autres tests et… je vais avoir d'autres résultats… J'espère qu'ils ne trouveront rien.

— Qu'est-ce que tu as eu, déjà? demande alors mon ami Julien, les sourcils froncés.

— J'ai eu la leucémie, un cancer du sang. J'aurais pu mourir, mais… je suis là… Je ne sais pas ce qui va m'arriver, mais j'aimerais me rendre jusqu'au spectacle de cirque avant de commencer mes traitements, si le cancer est revenu.

— Il n'est peut-être pas revenu !

— Si le… si la maladie revient… tu…

J'ai une question qui me brûle les lèvres, mais je n'ose surtout pas la poser.

— Qu'est-ce que tu veux me demander, Marc-Antoine ? Si je vais mourir ?

— Eh bien, oui, c'est ça justement que je me demandais…

— Je ne sais pas… Les médecins m'ont parlé de 20 % de chances.

— 20 % de chances de mourir ?

— Non, 20 % de chances de survivre !

Marie est une toute petite fille avec de longues tresses blondes. Son visage rousselé est sérieux comme jamais. Pourtant,

Marc-Antoine sent la force qui se dégage de sa camarade de classe. Elle continue, d'ailleurs :

— J'ai mal au même endroit qu'il y a trois ans. Je ne voulais pas en parler, mais Rudolph a tout découvert en voyant que j'étais un peu triste. Il me dit que c'est mieux de se faire aider par les autres… À son avis, l'esprit de groupe pourrait m'aider à guérir ! Je ne sais pas !

Il y a un long silence dans la classe. Personne ne sait quoi dire et, en même temps, tout le monde est tellement surpris par la nouvelle. Madame Langdeau reprend lentement la parole et essaie de trouver avec nous un peu d'espoir. Car nous sommes tous très tristes en ce moment.

— Bon, Marie, c'est tout un choc pour toi de vivre ça et c'est tout un choc pour les élèves d'apprendre que tu as eu une maladie aussi grave. Qu'est-ce que tu aimerais que nous fassions pour t'aider ?

— Facile !

— Facile, tu dis ? demande madame Langdeau intriguée.

— Oui ! Très facile… Ne le dites pas trop aux autres gens de l'école. Je sens que vous allez m'appuyer, mais avant de savoir si le cancer est revenu… j'aime autant qu'on garde ça entre nous. Au moins jusqu'au cirque. C'est dans un mois. Car le plus beau cadeau que vous pourriez me faire, c'est de m'aider à faire le spectacle de cirque avec vous !

— Ça, tu peux en être certaine, dit Julien en cherchant l'approbation de toute la classe, ce qu'il obtient rapidement.

— Tes parents, tes médecins sont d'accord ?

— Oui, j'en avais parlé à monsieur Rudolph aussi. Il m'a dit que tout était possible et que dans le monde du cirque, tous ont le droit de réaliser leur rêve. C'est lui qui m'a donné l'idée de ne pas abandonner le cirque. La maladie décidera peut-être de ne pas revenir aussi fortement. Je ne sais pas… Nous ne sommes sûrs de rien pour le moment, puis j'ai déjà guéri une fois. Peut-être qu'avec votre aide je guérirai une deuxième fois…

— Alors, continue madame Langdeau, nous ne t'abandonnerons pas. En plus, il faut aussi s'assurer de ne pas abandonner Rudolph.

— Quoi ? Je ne vous comprends pas.

Madame Langdeau nous explique que nous avons aussi abandonné notre professeur de cirque en ne nous informant pas des états d'âme de chacun.

— Pour lui, quand nous sommes dans un groupe, dans un spectacle, tout ce qui arrive à une personne arrive aux autres.

— C'est vrai, dit Marie, il m'a dit ça aussi hier quand je lui ai dit que j'étais malade. Je ne sais pourquoi je lui ai dit ça. Je ne voulais en parler à personne. Il m'aidait à préparer mon numéro de clown qui rate toutes ses jongleries. J'étais trop distraite, je ne comprenais rien, ce n'était pas drôle. Il m'a dit qu'il ne me sentait pas là, pas présente depuis deux semaines, et comme ça, entre deux numéros, il m'a dit : « Arrête-toi, assieds-toi avec moi et dis-moi ce qui t'arrive. » Alors, je lui ai tout dit : que depuis quelque temps je me sentais comme au début de ma maladie, il y a trois ans. À la fin, il m'a serrée dans ses bras et il m'a remerciée de lui avoir fait confiance. Aujourd'hui, il vous a tout dit. Rudolph est vraiment extraordinaire !

— Merci Marie de nous raconter tout ça, réplique madame Langdeau, et bravo pour ton courage. Tu peux être assurée de mon appui dans tout ce que tu entreprendras. Maintenant, Julien et Marc-Antoine, je pense que toute la classe a besoin de vous !

— Ah ! oui ?

— Oui, les gars, nous aimerions tous que vous alliez revoir Rudolph et que vous le remerciiez de nous avoir fait connaître ce malheur que Marie vivait seule. Maintenant, nous voulons qu'il revienne. Qu'est-ce que nous pouvons faire pour qu'il soit là le plus tôt possible de retour avec nous ?

— On s'en occupe !

CHAPITRE 8

Une ombre qui rôde

Le soir même, nous nous approchons, Julien et moi, du sentier de notre ami. À notre grand désarroi, le passage ne s'ouvre plus. Nous n'avons donc plus aucun moyen de nous engager dans le sentier et de parler à notre ami Rudolph.

— Qu'est-ce qu'on fait ? me demande Julien.

— Nous pourrions peut-être contourner le mur et essayer de rentrer chez lui. Il y a sûrement une autre façon d'atteindre son domaine.

— Oui, Marc-Antoine, me dit mon ami, viens, nous allons grimper sur le mur de pierre.

Julien commence à gravir le premier muret et, rapidement, se retrouve tout en haut. J'essaie de le suivre, mais je sens sur mon épaule une main qui m'arrête. Je me retourne, mais à ma grande surprise, il n'y a personne. Dans la pénombre, je sens quand même une présence autour de moi. Je pointe le faisceau de ma lampe de poche tout autour, mais l'ombre, habilement, se faufile et reste cachée. Je tente à plusieurs reprises de l'éclairer, mais rien n'y fait. Je me demande si c'est une bête ou une personne humaine, mais je constate que c'est drôlement rapide. Plus j'essaie de l'approcher, plus cette chose s'éloigne. Puis, elle se sauve dans le noir le plus complet.

— Julien !

— Viens, Marc-Antoine, cette fois je vais grimper par-dessus le deuxième mur et je

vais contourner les barbelés. Il y a sûrement une faille quelque part !

— Julien, j'ai vu quelqu'un !

— Marc-Antoine, Marc-Antoine, je vois
quelqu'un moi aussi ! Il y a une ombre qui
passe par ici ! Marc-Antoine !

Julien commence à descendre rapidement mais se cogne sur moi, car je
viens de commencer à grimper pour le
rejoindre.

Julien tremble comme une feuille. Il me
parle en chuchotant.

— Marc-Antoine, il y a quelqu'un qui
vient de monter de l'autre côté. Ce n'est pas
Rudolph, c'est plus grand et plus mince que
lui. On dirait une panthère ou un singe. En
tout cas, c'est très agile, et je n'ai pas
entendu un seul son.

C'est une des rares fois que j'ai vu Julien
apeuré. Nous sommes suspendus au beau
milieu du mur de pierres et nous pouvons tomber à tout moment. Julien

s'agrippe à moi si fortement qu'il me fait mal.

— Julien, qu'est-ce qu'il y a ?

— J'ai vu une ombre… je ne sais pas ce que c'est. Je me demande comment cette ombre a pu se rendre jusque-là. Tout en haut du mur de l'autre côté. Ce n'était pas Rudolph, l'ombre était beaucoup plus longue, mince et effilée, et parfois elle se déplaçait à quatre pattes. Je…

Il continue à me rentrer ses ongles dans la peau et il s'appuie sur moi. À tout moment nous pouvons tomber.

— Marc-Antoine, regarde, regarde ! L'ombre passe par-dessus le mur. Elle s'en vient vers nous !

Julien s'appuie sur moi et, je le sens, dans quelques secondes nous allons tomber. Je ne sais pas pourquoi, mais je n'ai pas peur. Toutefois, je me demande comment nous allons faire pour ne pas nous casser les os en tombant de si haut.

L'ombre nous rejoint et, avec une agilité incroyable, se retrouve à moins d'un mètre de nous.

— C'est une drôle de bête ! me dis-je à ce moment-là.

Une drôle de bête, qui veut nous rejoindre. Pour faire quoi ? Pour ma part, je ne crois pas que c'est pour nous faire du mal, puisque tout à l'heure la bête agile est passée à côté de moi sans m'attaquer.

Julien pense sûrement le contraire, puisqu'il essaie de s'enfuir et, dans sa panique, il nous précipite dans le vide. J'essaie de m'accrocher aux pierres, mais je ne fais que m'érafler les doigts. Je tombe et Julien aussi. Le trottoir sera très dur et j'ai le temps de penser qu'il ne faut pas que ma tête frappe le sol en premier, sinon je suis mort. Julien continue de s'accrocher à moi.

— Julien, accroche-toi ! Oh ! zut !

— OHHHHHHH !

Je suis étonné de tout ce qu'on peut dire et penser pendant une chute d'une ou deux secondes. En tombant avec Julien dans les bras, j'ai vu l'ombre se précipiter dans le vide en laissant sortir de sa bouche un cri inconnu qui ressemble à : « Gurrargh ! »

En tout cas, c'est un cri que je n'avais jamais entendu auparavant. Mais ce cri vient de la gueule de quel animal ? Julien se blottit dans mes bras comme un petit enfant de deux ans. La peur lui coupe tous ses moyens. J'ouvre donc tout grand les bras pour nous protéger de la bête. À ma grande surprise, celle-ci me saisit avec une patte et agrippe Julien avec son autre patte, puis elle nous fait virevolter dans le vide au point que je me retrouve sur mes deux pieds, bien au sol, sans me casser quoi que ce soit. Julien semble avoir eu la même chance. La bête, au lieu de nous attaquer, nous a fait faire de la voltige acrobatique dans le noir...

— Ah! ben, ça alors! dis-je à Julien.

Mon ami est encore dans les pattes de la bête.

Une odeur douce et caramélisée de vanille chaude me monte au nez. On est loin de l'odeur d'une panthère ou d'un autre fauve. Pour ajouter à notre surprise, la bête noire se met à parler:

— Ça va? demande une voix féminine.

— Marc-Antoine, qui est là? dit Julien en s'éloignant de celle... celui, heu!... enfin, de cette chose qui nous a sauvés.

Je me sens de plus en plus en sécurité, car j'aime les voix douces et j'adore la vanille.

— Qui êtes-vous? Qu'est-ce que vous faites là?

— Chut! ne parlez pas trop fort! Je m'appelle Lia. Venez un peu plus loin, je ne voudrais pas que Rudolph nous entende. Il fermerait tout pour longtemps. Venez par ici. De l'autre côté de la rue, il y a un petit bosquet où nous pouvons nous cacher. Nous pourrons voir l'entrée du sentier, mais Rudolph, lui ne pourra pas nous voir !

La voix de cette Lia est si fragile qu'on a peine à croire que c'est une voix humaine. Mais alors, c'est une voix de quoi ? D'une panthère ou d'une bête inconnue ? Julien me regarde comme quelqu'un qui aurait reçu un coup sur la tête. Il me suit, mais il ne comprend pas trop ce qui se passe. Lia nous prend par la main et nous aide à traverser la rue en exécutant une espèce de chorégraphie de comédie musicale. Elle ne marche pas, elle vole ; elle ne bouge pas, elle danse ; elle ne guide pas, elle transporte. Pourtant, nous ne faisons que traverser la rue et nous rendre derrière des bosquets. Lia est comme une lionne ou un chat, mais elle est aussi un être humain.

— Que… qui êtes vous ? demande Julien qui émerge d'un long cauchemar.

— Je suis l'amie de Rudolph ! J'essayais de venir à sa rescousse !

— Vous connaissez Rudolph ?

— C'est mon ami de toujours. Je sais qu'il est mal en point et qu'il essaie encore une fois de s'enfermer dans son monde, mais cette fois-ci je ne le laisserai pas faire.

— Il est venu dans notre classe et...

— Oui, je sais, vous montez un spectacle de cirque et il est très fier de vous !

— Mais alors pourquoi il est parti ?

— Il est surtout fâché contre lui, je crois !

— Contre lui ?

— Oui, je suis son amie et il ne veut plus me voir.

En disant cela, Lia enlève sa cagoule noire et révèle une peau toute blanche et des traits asiatiques. Elle est si grande que, même agenouillée comme ça entre Julien et moi, j'ai l'impression qu'elle pourrait toucher au plafond.

— Je croyais que vous étiez une panthère! dis-je.

— C'est vrai? Je suis contente, c'est mon animal préféré. J'adore surtout la panthère noire. C'est pour ça que je m'habille comme ça! Elle marche avec tant d'élégance, la panthère, et elle est si agile.

— Comme vous, Lia! dis-je.

— Moi, je croyais que vous étiez une bête féroce, dit Julien, vraiment impressionné par cette femme.

— Grrrr! dit-elle en riant et de façon inoffensive.

— Tout à l'heure, vous étiez vraiment plus effrayante que maintenant.

— Je suis toujours comme ça quand j'approche du sentier de mon ami. Je ne veux pas qu'on le découvre. J'allais le rejoindre sans qu'il le sache, puis rendue tout près de sa maison, j'ai pensé à vous deux et je me suis dis qu'il fallait que ce soit vous qui essayiez d'entrer ! Car je n'ai pas le droit d'y aller. J'ai grimpé, et comme je vous ai vu tomber dans le vide…

— Vous nous avez sauvés d'une ou deux fractures ! dis-je, reconnaissant envers elle d'avoir protégé nos os.

— Merci, Lia ! dit Julien.

— Ça me fait plaisir, car je sais que ça fait plaisir aussi à Rudolph !

— Est-ce que vous venez souvent ici ? demande Julien.

— Nous ne vous y avons jamais vu !

— C'est parce que je n'y suis pas la bienvenue.

— Pourquoi ?

— C'est seulement qu'il ne se sent pas bien pour l'instant quand je suis là !

— Ah ! oui ?

— Je vous parlerai de cela tout à l'heure si vous le voulez bien, mais pour l'instant je préférerais essayer de le voir ou, à tout le moins, de m'assurer que tout va bien pour lui !

— Allons-y, alors !

Je marche en direction du sentier. Aussitôt Lia me tire par le chandail et me ramène derrière le bosquet.

— Attention, il peut vous voir. Souvent, il rôde sur les hauteurs de son domaine. Il s'est construit toutes sortes de postes d'observation. Il fait semblant qu'il ne veut voir personne, mais en fait il ne sait plus comment revenir dans le monde. Avec vous, jusqu'ici, tout allait bien, et j'avais bon espoir que sa vie redevienne comme avant. Mais là, avec la possible rechute cancéreuse de la petite Marie, il ne va vraiment pas bien.

— Je le comprends ! C'est tellement triste que l'on ne l'ait pas su avant !

— Non, ce qui l'inquiète et l'insulte au plus haut point, c'est que personne ne soit en train d'aider personne. Il pense souvent que les gens ne s'occupent pas des autres. Il dit parfois que tous ne pensent qu'à l'argent ou à la gloire. Ils veulent être aimés et adulés par tous, mais ils ne s'occupent de personne.

— Mais comment savez-vous tout ça ?

— Il m'écrit, nous nous écrivons chaque jour. Mais…

— Mais quoi ?

— Mais c'est une longue histoire, et là nous ferions mieux de trouver une solution pour vérifier si tout va bien pour lui. Il m'inquiète ! Cette histoire de cancer de la petite Marie lui a rappelé tellement de mauvais souvenirs !

— Il a déjà eu un cancer ?

— Non !

— Il en a un ?

— Je ne pense pas et j'espère que non !
Une personne qui lui est très chère, sa
meilleure amie, en fait, lui a déclaré, il y a
cinq ans de cela, qu'elle ne se sentait pas
bien, qu'elle était peut-être malade !

— C'était grave ?

— Très grave ! Mais il ne l'a pas su, je
crois. À ce moment-là, il travaillait pour
deux cirques et cette personne était sa partenaire. Ils étaient comme les deux doigts de
la main tellement ils travaillaient bien
ensemble. Elle a arrêté de travailler ; elle
faisait un grand numéro d'acrobatie avec lui.
Passionné par son travail, il n'arrivait pas à
quitter ses obligations et croyait que son
amie se retirait pour des raisons égoïstes.

— Est-ce qu'elle est morte ? demande
Julien complètement transporté par cette
histoire.

— Non, pas pour l'instant, dit-elle en
gardant un long silence.

— Je suis content !

— Moi aussi ! renchérit Julien.

— Rudolph n'a même pas su que cette maladie était sérieuse. Il croyait que sa partenaire de travail n'arrivait plus à affronter les spectateurs. Qu'elle était fatiguée et qu'elle avait inventé cette supposée maladie pour le quitter !

— Il ne l'a pas crue ? Je suis surpris de cette réaction de mon ami Rudolph ! Vous êtes sûre, Lia, qu'il s'agit bien du même Rudolph ?

— Je sais, je crois qu'il a changé. Je crois que tout le monde peut changer, dit Lia. C'est ce que je lui dis chaque jour. Je le félicite toujours pour ce qu'il fait. Surtout depuis qu'il vous connaît, depuis qu'il vous aide. Il est transformé, il est heureux, vous l'aidez tellement !

— Mais non, dit Julien, c'est lui qui nous aide !

— Je sais, dit Lia en regardant vers le mur de pierre, mais je ne voudrais pas qu'il parte encore une fois au loin, il est tellement difficile à retrouver !

— Vous l'avez cherché souvent comme ça ?

— Oui, depuis l'histoire avec sa partenaire de travail…

— Qu'est-ce qu'elle est devenue ? Comment elle s'appelait ?

— Magica !

— Magica ?

— Mais… attendez !… Oui, ai-je continué alors, je me souviens d'une Magica, je l'ai connue il y a deux ans. Elle faisait des spectacles de magie et d'acrobatie avec… Quoi ? Vous voulez dire que Rudolph, c'est le Grand Magnifico ? Le magicien acrobate le plus célèbre du monde ? Sur Internet, j'ai vu que monsieur Rudolph était un grand artiste, mais je ne savais pas que c'était lui, le Grand

Magnifico. Tu te souviens, Julien ? Nous l'avons vu au Centre Bell quand nous étions en troisième année. Incroyable comme ce spectacle nous a impressionnés !

— Oui, c'est bien lui ! Il était au sommet de sa gloire et elle aussi. Ils étaient les premiers êtres humains à faire à la fois des spectacles de magie et d'acrobatie. Il peut marcher sur un fil de fer en jonglant et, tout à coup, le Grand Magnifico...

Je n'ai pas le temps de terminer ma phrase que Lia la complète.

— ... du haut des airs, devant plus de 15 000 personnes silencieuses, sort un tout petit mouchoir de poche de couleur blanche, passe ce mouchoir sur la tête de Magica qui disparaît progressivement à mesure qu'il fait descendre le mouchoir vers le fil de fer.

— Mais comment ils faisaient ça ? Est-ce que vous le savez, vous, Lia, puisque vous êtes son amie ?...

— Nous ne parlons jamais de magie avec les non-magiciens… Si vous continuez à apprendre des tours et des numéros pour votre spectacle, peut-être qu'il vous dira quelques secrets.

— Ah! oui?

J'étais vraiment impressionné par le monde que j'avais découvert en empruntant le sentier.

— Venez, nous dit tout à coup Lia. Je connais deux autres entrées qui mènent au sentier. Vous étiez tout près tout à l'heure. Nous allons le rejoindre et nous allons lui dire que vous voulez en apprendre davantage.

— Oui, ça, c'est certain qu'on veut en apprendre davantage, n'est-ce pas Julien?

— Oui, dit-il, et nous avons besoin de lui!

— Moi aussi! dit mystérieusement Lia les yeux embrumés de peine.

Lia redevient alors une panthère noire. En moins de deux ou trois secondes, elle grimpe en haut du mur. Elle passe ensuite à travers les barbelés, puis elle revient vers nous jusqu'en bas en moins de deux ou trois secondes encore une fois. Nous n'avons même pas le temps d'échanger un regard ni un seul mot qu'elle a déjà eu le temps de faire tout ce trajet. Lia est comme une bête sauvage, mais plus douce, plus élégante et forte aussi.

— Venez, les gars. C'est maintenant ou jamais, Rudoph a besoin de vous.

— Et de toi, Lia !

— On verra ! on verra !

Lia se place devant nous en s'adossant au mur. Elle joint ses mains devant elle à la hauteur de ses cuisses avant de nous dire :

— Les gars, il va maintenant falloir que vous appreniez à vous dépasser. À tous les points de vue ! Sinon, Rudolph va s'enfuir et ne nous attendra pas. Moi, il ne veut pas me voir. Vous deux, il acceptera de vous recevoir. Mais il faut y aller vite. Premier truc, les gars, confiance en soi, confiance en soi. Répétez-vous cela dans votre esprit tout en gardant les yeux bien ouverts.

— Mais nous ne pouvons pas aller aussi vite que vous !

— Chut ! chut ! l'heure n'est plus aux discussions ! Il faut agir. Comme une bête sauvage, comme une panthère, un loup, un tigre, un chat, si vous voulez. Vous bougez, vous grimpez en toute confiance et vous ne tomberez pas. Mais vous devez devenir la bête sauvage que vous avez choisie. Il n'y a aucune autre solution possible. Nous n'en sommes plus à la discussion mais à l'action ! Êtes-vous prêts à agir ?

— Oui, Lia ! disons-nous, Julien et moi, en même temps.

— Julien, quel est le premier animal qui te vient à l'esprit ?

— La hyène ! dit Julien aussi surpris que moi d'avoir dit cela.

— Excellent, la hyène semble repoussante et laide, ce qui n'est pas ton cas, mais elle est une bête sauvage hargneuse qui n'abandonne jamais. Elle est prête à affronter tous les dangers pour arriver à ses fins !

— J'adore ! dit Julien.

— Et surtout, continue Lia, la hyène est extrêmement habile. Même si parfois elle a l'air désarticulé, même si elle rampe au sol et même si elle n'est pas aussi élégante que…

— La panthère ? dit Julien en montrant Lia du doigt.

— Oui, c'est ça, la panthère ! La hyène n'est pas la panthère, la hyène est moins élégante, moins rapide, moins efficace que la panthère, mais la hyène sait doser ses forces. La hyène n'est jamais malade, la hyène est une survivante. La hyène peut manger n'importe quoi et quand même y trouver de l'énergie.

— C'est toi tout craché, Julien. C'est vrai, il mange de tout, n'importe quand, n'importe où et il ne se décourage jamais. C'est mon ami, la hyène.

Je me retourne vers Julien, je lui fais un beau sourire avant de lui présenter mes deux mains pour qu'il claque dedans. Ce qu'il fait aussitôt. Puis il se place de dos, me présente ses deux mains à la hauteur des cuisses. Je claque dedans et ainsi de suite trois fois. Voilà notre façon de marquer notre accord.

— Julien, reprend Lia, tu es une hyène, ne l'oublie pas. Ne réfléchis à rien, laisse la hyène grimper ce mur en moins de deux secondes.

— Et si je tombe ?

— Ne te dis jamais ça… Pour ce soir, si tu tombes, la panthère sera là, mais pour la suite des choses, si tu es hyène, tu es hyène et tu ne tombes pas ! Impossible pour une hyène de penser qu'elle peut tomber, sinon elle ne grimperait jamais sur des murs à 90 degrés.

— Je suis une hyène !

— Tu es une hyène ! dis-je en rigolant nerveusement.

Je n'arrive pas à croire ce qui nous arrive. Nous sommes en train d'expérimenter de la pure magie et nous ne nous posons aucune question. Car nous savons au fond de nous que la panthère est là. Avec elle à nos côtés, rien ne ferait peur à personne. Elle pourrait sauver quiconque n'importe quand. C'est difficile à expliquer, mais sa seule présence rendrait n'importe qui meilleur en tout. Ce soir, Julien et moi allons expérimenter l'acrobatie et le danger.

— Julien, tu es une hyène et tu grimpes jusqu'en haut, dit Lia davantage comme un ordre que comme une suggestion.

— Et je mets mon pied sur quelles pierres ? demande Julien, soudain inquiet.

— Sur aucune pierre, sur aucun mur, tu laisses ton pied décider où il ira. La hyène ne parle jamais avec son pied, elle ne négocie jamais avec aucune pierre, elle est plus forte que le vide, la hyène, elle va où elle veut aller, toujours. Va, Julien !

Lia place sa main droite sur son cou pendant une fraction de seconde. Aussitôt, et à ma grande surprise, Julien, en moins de temps qu'il n'en faut pour prendre une respiration, est en haut du mur. Comment a-t-il fait cela ? Aucune idée. Lia la panthère a grimpé derrière lui pour qu'il ne coure aucun risque de blessure. Après tout, le but n'est pas de se faire mal mais d'arriver à retrouver Rudolph.

J'ai le sourire aux lèvres en voyant Lia redescendre. Puis, je me rends compte que c'est tout de suite mon tour. Dans un instant, je vais plonger dans le monde animal. Mais quelle espèce me représente le mieux? Lia arrive devant moi, elle me fixe dans les yeux et ne me dit pas un mot, même si je sais qu'elle me questionne sur l'animal que je suis et que je deviendrai dans quelques secondes. Pour ma part, je ne sais toujours pas ce que je vais dire, pourtant j'ouvre la bouche en même temps qu'elle et tous les deux nous disons:

— Girafe!

— Quoi, girafe? dis-je aussi surpris que Julien qui rigole d'un rire de hyène heureuse.

— Oui, Marc-Antoine, tu es une girafe, tu es curieux, tu vois tout, tu as une vue d'ensemble des choses et tu es toujours rendu plus haut avant tout le monde. Exemple, tu vas dépasser Julien et tu vas déjà te rendre à un endroit où je ne suis jamais allée. Tu escalades le mur et ensuite tu passes à droite du petit bosquet là-haut. Tu vas voir, il y a une porte de métal sans poignée et sans pentures, mais je sais que c'est une porte, car Rudolph s'est déjà sauvé par là une fois où je voulais le voir. Jamais je n'ai pu dépasser ce mur de métal très épais. Mais en tant que girafe, tu pourras t'étirer le cou en t'appuyant sur une panthère et sur une hyène. De l'autre côté… tu verras ce qu'il y a !

Je n'en reviens pas moi-même, mais le fait d'être une girafe me va parfaitement. Je suis grand, très grand même pour mon âge, et je me sens toujours paisible et calme devant les situations. Il est vrai que j'ai toujours l'impression de voir par-dessus la mêlée. Je vois ce qui se passe alors que les autres se battent, se parlent, se disputent. Moi, je reste en retrait et je vois la paix qu'il y a de l'autre côté des problèmes. Je ne sais pas trop pourquoi, mais je suis comme ça !

— Je suis une girafe !

Encore une fois, Lia tend ses mains jointes. J'y grimpe et je monte tout à coup si haut que ce ne sont plus des pierres que je vois mais ce qu'il y a devant moi. J'ai l'impression, en montant, que mes yeux sont déjà plus hauts que moi. Lia me suit et me protège. Rendu en haut, accueilli par Julien la hyène, j'accepte ses félicitations et je me dirige vers le bosquet où, à ma grande surprise, je découvre ce mur et cette porte de métal. La hyène et la panthère laissent grimper sur leur dos la girafe et je me hisse sur le dessus de la porte, où je m'agrippe à une branche de sapin. Je descends deux ou trois mètres plus bas et, en tâtonnant avec mes mains, je découvre une poignée que je tourne. L'immense porte de fer glisse alors dans le mur. Je me retrouve ainsi face à Lia et Julien qui jubilent.

— Chut! fait alors Lia, nous avons traversé ce mur, nous sommes chez Rudolph et vous pouvez dès maintenant rejoindre le sentier qui mène chez lui. Dites-lui bonjour de ma part, nous dit Lia en retraversant la porte de métal.

— Mais où vas-tu?

— Je n'ai pas le droit de le revoir. Il ne veut plus me voir depuis… longtemps!

— Depuis que je t'ai abandonnée! dit une voix dans le noir.

— Quoi? Rudolph? dit Lia. Excuse-moi, je ne voulais pas venir ici. Tu sais que je ne veux rien faire qui te déplaise. Je m'en vais!

— Non, reste! Julien et Marc-Antoine, les allées se rejoignent sur votre gauche. Faites attention, il y a des escaliers qui descendent jusqu'à une toute petite ouverture dans la roche. Ensuite, vous serez dans le sentier. Guidez Lia jusqu'à ma maison. Je vous y attends avec du thé ! Lia, tu aimes toujours le thé russe ?

— Oui ! dit-elle tout doucement.

Puis Rudolph part dans une autre direction après avoir pris bien soin de refermer la porte de métal.

Lia est très fière d'être enfin invitée chez son ami.

— Lia, est-ce que Magica le voit parfois ?

— Oui, dit Lia, car Magica, c'est moi !

— C'est toi ? Tu es la partenaire de travail de Rudolph, tu… vous êtes la célèbre Magica ? Et tu… vous avez le cancer ?

— Oui !

— Est-ce que ça fait mal, est-ce que vous vous sentez malade ? Est-ce que ça va ?

— Ne vous inquiétez pas, tout va très bien. Ça fait longtemps que je vis avec le cancer, on m'a imaginée morte souvent, mais je suis bien vivante. La panthère en moi sait quand se reposer et quand reprendre la route. Là, enfin, je me sens mieux. Mes médecins m'ont vraiment bien aidée et traitée. Maintenant, je vais beaucoup mieux.

— Et Rudolph ? Il vous a… oubliée et abandonnée, c'est ça ? dis-je bouleversé par cette possible vérité.

Au moment où je demande cela à Lia, nous arrivons au bout du tunnel. Une petite lumière éclaire sa maison au loin. Nous l'apercevons sur sa terrasse en train de préparer le thé.

— Superbe ici, Lia, hein ?

— Oui, magnifique ! c'est magnifique !

— Il a appelé son domaine Magica, sûrement en pensant à vous.

— Rudolph est tellement habile, tellement ! dit Lia, les larmes aux yeux.

— Venez, Lia, c'est à notre tour de vous guider. Vous n'êtes plus une panthère, mais

Magica la vedette, l'étoile du spectacle, qui va se laisser traiter comme une reine.

Les deux garçons lui tendent un bras et l'escortent en silence sur le petit sentier qui mène à la maison. Lia est vraiment en admiration devant tout ce qu'elle voit. Les mots semblent ne plus vouloir sortir de sa bouche, tellement elle est émue. Nous respectons ce calme et nous la guidons lentement jusqu'à la petite table sur la terrasse de la maison de Rudolph.

— Lia, dit aussitôt Rudolph en nous invitant à nous asseoir, tu es ici chez toi.

Alors ils se tournent vers nous pour nous dire :

— Écoutez, je vous dois une explication. Je ne voulais pas vous parler de tout cela. Je ne voulais pas vous parler de ma vie, de notre vie. Excuse-moi, Lia, excuse-moi de t'avoir laissée toute seule quand tu es tombée malade. Tu étais la meilleure partenaire de spectacle que je n'ai jamais eue.

Mais je n'ai pensé qu'à moi. Je ne voulais pas interrompre notre spectacle.

— Ça va, ça va, tu ne m'as pas laissée toute seule… C'est moi qui suis partie, tu le sais bien.

Rudolph lui offre le thé, puis il nous entraîne, Julien et moi, dans son jardin, un peu plus loin.

— Les gars, je suis content que vous soyez là… Ce que j'ai fait dans votre classe, je ne le regrette pas. La petite Marie, il faut s'en occuper le plus rapidement et le plus souvent possible. Elle a besoin de vous !

— Non, elle a besoin de NOUS ! dis-je en l'incluant.

— Oui, oui, je sais, mais je ne peux plus faire ça. Je suis davantage un gars de spectacle, je suis habitué de faire des numéros et je ne suis pas sûr que je vous aide vraiment bien.

— Nous nous sommes sûrs que vous nous aidez. Nous voulons que vous reveniez !

— Je ne sais pas ! Moi je veux surtout m'occuper de Lia maintenant qu'elle est revenue. Je ne répèterai pas l'erreur de la laisser une deuxième fois.

— C'est elle qui est partie ?

— Oui, elle m'a dit qu'elle était malade, puis elle ne m'a rien dit pendant au moins six mois. Quand j'ai vu qu'elle se sentait faible de plus en plus, je l'ai obligée à voir un médecin. C'est là qu'elle m'a appris qu'elle en avait déjà vu plusieurs. Elle m'a dit que ce n'était pas si grave mais qu'elle avait besoin de se reposer. Je ne sais pas pourquoi, à partir du moment où j'ai dû donner mon spectacle seul, elle est partie. J'ai toujours eu des nouvelles d'elle, mais elle ne revenait plus jamais au cirque. Je pense qu'elle n'aime plus ça !

— Je ne crois pas que c'est ça! dis-je en n'étant pas certain que ce soit une bonne idée de parler du cancer de Lia.

— Je ne sais pas, mais elle a cessé de me voir. J'ai cru qu'elle était partie pour toujours, ai-je pensé à l'époque. J'étais triste, alors je me suis mis à travailler, à travailler, à donner le plus de spectacles possible avec tout plein de partenaires différents. Pourtant, jamais le spectacle n'est redevenu aussi bon que du temps de Magica. La magie n'était plus là, car la panthère n'y était plus.

En parlant, il regarde sans cesse vers la petite terrasse où Lia boit tranquillement son thé en regardant tout autour avec admiration.

— Mais elle est revenue et c'est ce qui compte!

— Rudolph, dit tout à coup Julien, je ne pense pas que ce soit une si bonne idée, mais je vais vous dire ce qui est vraiment arrivé.

— Je ne sais pas si j'ai le goût de le savoir vraiment.

— Elle a eu un cancer, un cancer très grave et elle ne voulait pas vous le dire! Comme Marie probablement. Nous, dans la classe, nous voulons vraiment l'aider, la petite Marie, maintenant que nous le savons. Vous avez raison, nous aurions pu le savoir avant. Maintenant que nous le savons, nous allons l'aider, avec vous. Nous allons aider Lia aussi!

— Lia a le cancer? dit-il en se levant debout et en se tournant vers elle.

— Mais ne lui dites pas qu'on vous l'a dit. Elle pense même que vous le savez depuis le début, mais elle ne veut pas parler de la mort avec vous. C'est comme ça!

— Au fond, je m'en doutais un peu. Quand Marie me l'a avoué dernièrement, j'ai tout compris et c'est pour ça que j'étais sous le choc, je n'étais pas vraiment fâché contre vous.

Rudolph se dirige alors vers Lia sans même nous parler.

Nous le rejoignons.

— Lia, si tu veux, tu peux vivre ici le temps de guérir. Où vis-tu maintenant ?

— À l'hôtel, je n'aime pas ça, mais… je n'ai pas le choix, avec les traitements de chimiothérapie que j'ai eus… Je me fais soigner tout près d'ici !

— Est-ce que ça va ?

— De mieux en mieux… Je crois que je vais m'en sortir !

— C'est grand, ici… Viens vivre dans mon domaine, il y a ici une clarté incroyable !

— Oui, dis-je à ce moment-là, et nous aussi, nous allons nous occuper de vous !

— D'accord, mais j'aimerais une chose… Peux-tu ouvrir un peu plus les portes du sentier ? Ça ferait tellement plaisir aux gens et surtout à la classe de madame Langdeau.

— Je vais faire de mon mieux.

— Je ne voudrais pas que tu négliges la classe de Julien et Marc-Antoine. Tu vas retourner à l'école, n'est-ce pas?

— Oui, c'est certain! Mais avec toi!

CHAPITRE 9

Une classe d'animaux sauvages

Lia et Rudolph viennent chaque jour enseigner les rudiments du cirque et du monde du spectacle à toute ma classe. Lia s'occupe principalement de Marie, qui se prépare aussi mentalement à affronter les résultats de ses tests.

— Lia, demande parfois Marie entre deux exercices d'équilibre, est-ce que ça t'a fait mal ?

— Quoi ? Quand tu tombes du haut du fil de fer ? Tu ne tomberas pas, je te dis, je vais tout te montrer. Quel est ton animal préféré ? Tout le monde, approchez sous le fil de fer, approchez, j'ai quelque chose à vous dire.

Du haut du fil de fer, tenue en équilibre par la main de Lia, Marie nous répète :

— Attends, Lia, je veux dire, ça t'a fait mal, hein ! les traitements de chimio ?

Tout le monde, rapidement réuni sous le fil de fer, entend. Tous attendent donc patiemment la réponse de Lia.

— Toi, Marie, est-ce que ça te faisait mal ?

— Oui, je perdais beaucoup d'énergie, je me sentais faible !

— Et tu t'en es sortie ? demande Lia.

— Oui… j'espère que ça ne recommencera pas… et j'espère que toi, tu vas t'en sortir !

— J'ai bon espoir, Marie, parce que tout va bien depuis un mois au moins ! Regarde, je peux même vous aider !

— C'est bon signe ! dit Marie en rassurant Lia.

Lia baisse la tête, du haut du fil de fer, pour nous regarder. Nous la fixons avec un immense respect sur le visage et, pour une fois, elle décide de s'ouvrir un peu.

— Écoutez, avant de vous connaître tous, je ne voulais jamais parler de ça. Je suis une femme très fière et très orgueilleuse. J'ai toujours été la meilleure dans tout ce que j'ai entrepris dans ma vie. À quatre ans, je faisais des spectacles de cirque avec mon père devant plus de 1000 personnes, plusieurs fois par jour. Comme j'étais très grande et que je me débrouillais très bien dans des numéros spectaculaires avec mon père et ma mère, j'étais pour tous la meilleure et la plus belle.

Tout autour du fil de fer, nous pouvons entendre une mouche voler tellement le silence est parfait.

— Puis, j'ai rencontré Rudolph, un magicien et un acrobate absolument indescriptible. Un génie, beau comme un cœur. Au premier regard qu'il a posé sur moi, j'ai su que nous formerions le plus beau duo d'acrobates qui puisse exister.

— Ça, c'est vrai ! dit Rudolph en faisant trois tours sur lui-même pour manifester sa joie.

Puis, il grimpe sur le fil de fer et rejoint sa partenaire de cirque qu'il tient par la main pour la suite de son récit.

— Ensuite, il y a eu la maladie, qui m'a fait mal au cœur, surtout. J'avais peur de tout perdre. Avant même d'avoir peur de perdre ma vie, j'ai eu peur de perdre mon partenaire de cirque et de perdre aussi ma beauté.

En disant cela, Lia pose sa main sur ses cheveux, les soulève et montre qu'elle porte une perruque. Elle nous laisse voir aussi à tous son crâne lisse et brillant, et sa peau un peu jaunie par les traitements qu'elle a subis.

— Je… vous ne pouvez pas savoir comme c'est difficile pour moi de vous montrer comme je suis faible et moins belle que j'ai déjà été. Vous savez qu'on me considérait comme une reine? J'étais une des femmes les plus populaires du monde! Partout où j'allais!

— Maintenant, l'interrompt Rudolph, tu es cent fois plus belle parce que tu n'es plus une reine, tu es Lia, une femme exceptionnelle.

Sans dire un seul mot, la petite Marie serre très fort la main de Lia et se met à marcher sur le fil de fer en disant:

— Maintenant, je sais que ça ne me fera pas mal, même si je tombe, même si mon cancer est peut-être revenu, je suis brave!

Marie se met alors à avancer tout doucement sur le fil de fer sans tomber une seule fois. Sous elle, il y a un filet de protection, certes, mais elle n'en tient pas compte. Elle avance, fière d'être qui elle est et fière de tout ce qui lui arrive. Lorsqu'elle atteint le bout du fil de fer, Lia l'applaudit et la rejoint en courant sur le fil.

Nous applaudissons tous les deux filles. Lia chuchote à l'oreille de Marie :

— Marie, je vais être là, je vais te tenir la main tous les jours et ce qui arrivera arrivera.

— Moi aussi, je vais être là pour toi !

— Tu vois ? Pour moi, tout va mieux. Ne le dis à personne, mais regarde derrière mes oreilles… Il y a des cheveux qui repoussent ! Personne ne le sait, mais j'ai fini mes traitements et mes cheveux repoussent déjà !

— Bon, dit soudainement Julien avec son regard coquin comme d'habitude, c'est bien beau tout ça, mais le spectacle n'avance pas, lui, et la représentation est dans deux semaines. Aujourd'hui, Marc-Antoine et moi, nous allons vous présenter notre numéro d'ouverture, qui s'intitule *La hyène et la girafe*.

Nous nous assoyons sur le côté du gymnase devant le fil de fer. Rudolph fait jouer la musique et j'entre par le côté en saluant bien bas la foule.

— Bonjour, je suis une girafe.

En disant cela, j'essaie de m'étirer le cou au maximum. Julien rampe derrière en reniflant.

— Je n'ai qu'un seul défaut, j'ai peur des hyènes. Si vous voyez une hyène, faites-moi signe !

S'ensuit une scène comique où les spectateurs indiquent à la girafe où se trouve la hyène, qui se cache un peu partout dans la foule. Puis, la girafe aperçoit la hyène et court se cacher sur le fil de fer. En faisant cela, je pose un rideau blanc sur le fil et notre scène se poursuit sous la forme d'un théâtre de marionnettes. Nous manipulons les marionnettes derrière le rideau blanc. Les spectateurs voient la girafe marionnette qui fait face à la hyène marionnette dans un combat de boxe mémorable. Le combat se termine par un combat à coups de bâton entre les marionnettes, puis le rideau blanc tombe et je suis déguisé en girafe sur des échafauds alors que Julien décide, en me voyant si grand, de devenir mon ami. Notre numéro est salué par une ovation debout. Tout se termine par une valse d'amitié entre une girafe grandeur nature, avec ma figure qui sort du costume et une hyène maladroite qui me marche constamment sur les pieds le long du fil de fer.

Je m'avance près des spectateurs :

— Maintenant, mesdames et messieurs, Lia va nous donner un cours accéléré sur l'attitude parfaite à avoir quand on doit donner un spectacle. Rudolph !

Rudolph, qui s'est éclipsé hors du gymnase pendant les applaudissements, entre devant tout le monde, un masque de loup sur la tête. Lia rit aux éclats, car cela lui rappelle tellement de beaux souvenirs.

— Voici Rudolph ! dit Lia. Savez-vous, mesdames et messieurs, que pour devenir le magicien acrobate le plus célèbre du monde, Rudolph a dû porter ce masque pendant trois mois jour et nuit ?

— Oui, mesdames et messieurs, dit Rudolph avant de hurler à la lune, aouououou ! aouououou ! Lia m'a expliqué que pour vaincre ma peur de la foule, je devais être un loup. Loup je suis devenu et spectacle j'ai fait. Croyez-le ou non maintenant,

Lia va vous transformer en animal sauvage. Julien est devenu une hyène, comme vous venez de le voir, et Marc-Antoine, une girafe. Lia, à toi maintenant, et préparez-vous à hurler pendant des heures et des heures. Aououououh ! Aououououh !

Lia s'approche en riant et en tenant toujours Marie par la main.

— Tout d'abord, commence Lia, vous n'avez pas à devenir des loups. Du moins pas tous. Vous n'avez pas à le devenir jour et nuit. Ce que je vous propose, c'est de choisir vous-mêmes un animal qui vous convient et qui viendra vous aider à vous sentir fort et confiant lors du spectacle. Tous les animaux de la planète sont sûrs d'eux et confiants. Parfois, ils ont peur, comme tout être vivant, mais jamais ils ne fuiront devant leur destin. Votre destin à tous est de faire partie de ce spectacle. Vrai ?

— Vrai ! répond toute la classe en chœur.

— Commençons donc au hasard par Marie. Marie, quel est ton animal préféré ? Un animal sauvage que tu aimes et qui te ressemble ? Habituellement, nous n'avons pas à chercher bien longtemps : il y a tout de suite un animal qui s'impose dans notre tête. Mais nous sommes portés à ne pas vouloir le comprendre et l'accepter. Marc-Antoine se demandait bien pourquoi il avait choisi la girafe. Maintenant, il se rend compte qu'il est un peu comme la girafe, il est calme, il est très rapide et il voit au-dessus de tout le monde. Il peut prévoir ce qui va arriver et il est très sage. Vous voyez ?

Quand Lia termine son petit exposé, j'entre en costume de Girafe et fais rire tout le monde en marchant à reculons et en frappant Lia par derrière.

— Marie, à quel animal est-ce que tu t'identifies le plus ?

— Euh ! Je ne suis pas sûr si c'est bon, mais j'ai tout de suite vu un flamant rose !

— Pourquoi, ma belle ?

— Parce que j'aime le flamant rose, je l'adore !

— Parfait, et pourquoi aussi ?

— Parce qu'il est beau, grand, gracieux. Parce que j'adore le rose.

— Qu'est-ce que tu aimes dans le rose ?

— On dirait que c'est une couleur qui sent bon ! dit Marie en riant.

— Excellent ! Deux choses encore, Marie. Retiens bien ça. Je le sais parce que j'ai observé beaucoup d'animaux ; je suis une passionnée des animaux. Le flamant rose est gracieux, fier et il aime que les gens le regardent. Il aime être le centre d'intérêt, il aime se donner en spectacle.

— C'est vrai, moi aussi ! dit Marie.

— Dernière chose, il a des pattes très effilées. Ce qui lui donne une allure fragile, non ?

— Oui, c'est vrai, on dirait qu'il peut casser en deux.

— De plus, il a souvent une patte qui se repose. Ce n'est pas qu'il est paresseux, c'est plutôt qu'il a besoin de repos, de beaucoup de repos.

— Qu'est-ce que ça donne de savoir tout ça ? demande Luc, un élève de la classe.

— Ça donne de la force à Marie. Marie, quand tu entres en scène, pense que tu es un flamant rose. Dis-toi que tu es la plus gracieuse et que tout le monde aime te voir et te regarder pour plusieurs raisons, et surtout parce que tu es belle et rose. Les gens aiment et même parfois adorent le rose. De plus, comme toi, le flamant agit comme s'il était malade. Il se repose beaucoup, il se tient en groupe, il cherche du soutien. Une de ses qualités est sa force de caractère, il regarde toujours droit devant et ne se décourage jamais. Est-ce que ça t'aide de savoir tout ça ?

— Oui, beaucoup ! Merci, Lia.

Pendant la demi-heure qui suit, madame Langdeau remercie Lia, au nom de tout le groupe, d'avoir permis à tous de découvrir l'animal sauvage qui pourra leur venir en aide dans deux semaines. Puis, soudain, comme elle va demander le nom de l'animal sauvage qui caractérise Lia elle-même, Lia a disparu. Quelques secondes plus tard, Rudolph éteint une bonne partie des lumières pour permettre à Lia de porter le mieux possible son costume de panthère noire et de répéter son numéro solo. Les jeunes spectateurs sont impressionnés. Lia termine son numéro en marchant à quatre pattes sur le fil de fer. Quel beau numéro, si envoûtant et si inspirant !

— WOW !

— SUPER ! ! !

Même la fin de semaine, Julien et moi avons le droit de voir Rudolph chez lui en compagnie de Lia ! Lui et Lia continuent à nous faire partager leur savoir, autant à propos des plantes que du cirque. Il y a tant de secrets que nous ne connaissons pas !

CHAPITRE 10

9-1-1

Date du spectacle : dans quatre jours.

Durée prévue : une heure trente-cinq minutes.

Niveau de stress chez les élèves : très, très, très, élevé !

Malgré l'énervement, Julien et moi sommes devenus des experts en clowneries. Rudolph a puisé dans tous ses souvenirs de cirque pour nous aider à bâtir des numéros drôles et originaux. Lia a inventé une histoire qui a permis de relier tous ces numéros de façon très touchante.

Tout le spectacle est donc bâti autour d'une histoire à la fois très triste et très drôle. Une petite fille, jouée par Marie, est très malade. Elle est si malade que, sur son lit d'hôpital, ses parents et amis lui demandent ce qu'elle aimerait recevoir comme cadeau de Noël.

— Rien! répond-elle toujours.

Puis, en voyant des photos de sa classe au début de l'année, elle avoue, tout doucement, qu'elle aimerait tant retrouver le magnifique sourire qu'elle avait sur son visage avant d'être malade. Tous ses amis décident alors de monter pour elle des numéros clownesques pour l'aider à retrouver son sourire.

— Tu souriras au cours du spectacle, ma belle Marie! dit Julien. Tu souriras!

En plus du numéro de la girafe et de la hyène, nous avons organisé un concours de tartes à la crème qui devrait avoir un grand succès... surtout lorsque nous lancerons des tartes sur les spectateurs ! Hé ! hé ! j'ai bien hâte de pouvoir lancer de la crème sur les gens de ma famille. Ils pourront ainsi manger jusqu'à la fin du spectacle.

Puis, nous allons faire un numéro musical où, à l'aide du public, nous essayerons de créer un orchestre symphonique.

— Tout un orchestre ! rigole Julien : un harmonica et un triangle... ouhhhh !

Dans notre spectacle, nous tenterons de convaincre un monsieur de faire le trombone et une dame de chanter l'opéra. Ensuite, nous avalons nos instruments de musique (pas vraiment, mais en blague, bien entendu !). Ce qui est drôle dans le spectacle, c'est que lorsque le concert a lieu, nos mouvements s'accompagnent d'une musique jouée par l'instrument que chacun a avalé. C'est alors que la petite fille, jouée par Marie, commence à s'amuser et à sourire.

Par la suite, nous faisons une danse comique avec une voiture-jouet qui se brise continuellement et des unicycles qui se promènent dans tous les sens. C'est un numéro difficile à faire, mais très drôle! Nous avons hâte de voir la réaction du public.

Finalement, le numéro de clôture est un grand classique : c'est un numéro d'ombres chinoises où Marie, redevenue très heureuse et confiante, est opérée par deux clowns qui se trouvent là par hasard et qui se prennent pour des médecins. Les clowns vident le corps de la jeune fille. Quand ils se rendent compte de leur méprise, ils essaient d'aider le médecin (joué par Rudolph) à rebâtir le corps de la jeune fille. Les clowns sont très peu aidants : le bras de la jeune fille est placé sur le front d'un clown et son pied dans l'oreille de l'autre.

—C'est tellement drôle! dit Marie chaque fois qu'elle répète cette partie du spectacle.

— Oh ! oui, répond Rudolph, c'est vraiment le moment que je préfère !

À la fin du numéro, il ne reste à Marie qu'un cœur si grand qu'il n'entre plus dans un si petit corps malade. Le médecin a l'idée de séparer le cœur en mille morceaux pour qu'un de ceux-ci, plus petit, puisse entrer dans le corps de la jeune fille. Mais le cœur s'agrandit chaque fois qu'il est séparé. Finalement, la scène est remplie de cœurs en ballon. Chaque spectateur a donc droit à un morceau de cœur de la petite fille.

— Finalement, explique Rudolph, la petite fille malade retrouve son cœur lorsque tous les gens présents se font une accolade d'amitié.

Cette histoire est si touchante que tous les acteurs regardent avec bonheur le visage de Marie qui retrouve le sourire. Nous avons si hâte de jouer tout cela pour vrai !

Lors d'une répétition générale, deux jours avant la journée du vrai spectacle, Marie tombe sans connaissance. Nous croyons qu'elle a décidé de jouer à fond son personnage et nous continuons pendant au moins 30 secondes à jouer notre rôle avant de nous rendre compte qu'elle ne feint pas.

— Oh! mon Dieu! gémit madame Langdeau pendant que Lia appelle d'urgence le 9-1-1.

Lorsqu'enfin Marie reprend connaissance, elle s'inquiète:

— Est-ce que ma maladie est revenue? Pourtant, jusqu'ici les résultats de tous mes tests étaient encourageants. Je ne comprends pas…

— Je pense, Marie, que tu devras peut-être oublier ton spectacle, lui disent ses parents après ce dramatique incident.

— Pourquoi?

— Parce que ça te fatigue peut-être trop. Ton corps a peut-être lancé un message, tu ne crois pas ?…

— Mais non, je pense que c'est la nervosité de faire ce spectacle ! C'est vraiment très exigeant de ne jamais sourire et de toujours être malade. Je joue un rôle très fatigant. Mais j'y tiens vraiment. De toute façon, je vais me reposer ce soir et demain aussi, puis je vais faire le spectacle ! Tout va bien, croyez-moi !

Personne de son entourage n'ose intervenir, mais tout le monde demeure inquiet.

* * *

Quelques instants avant la dernière répétition, Marie prend Lia, Rudolph, Julien et moi à part. Elle nous demande si nous pouvons faire des miracles avec tous les tours de magie que nous exécutons déjà.

— Vous pourriez peut-être me guérir, tout simplement ?

— Oui, ça, tu peux compter sur nous, dit Lia, mais guérir de quoi ? Tu n'es peut-être même pas malade. Peut-être un peu fragile, c'est tout !

— Je sais, dis-je. À la fin du spectacle, nous ferons semblant qu'une panthère noire est en fait la sœur jumelle d'un flamant rose. Ils s'étaient perdus de vue depuis leur naissance, mais ils se promettent, en se retrouvant, de ne plus jamais se quitter.

— Mais c'est excellent, ça, Marc-Antoine, dit Rudolph. Tu as des talents de metteur en scène de cirque, toi.

— À la fin, dit Julien, dans la scène du médecin, les deux jumelles sont opérées et la potion secrète qui leur est administrée et qui leur redonne la santé, ce sera une goutte du sang d'une girafe et d'une hyène.

Tout le monde se met d'accord. Rapidement, Marie retrouve son énergie et ses médecins donnent leur accord pour qu'elle puisse faire partie du spectacle. Tout le monde sera vigilant et, au moindre signe de faiblesse, Marie se retirera du spectacle. Rudolph et Lia demandent même aux parents et au médecin de se préparer à venir participer au tout dernier numéro à la fin du spectacle. Ils viendront dire un petit mot.

— Voilà, dit Rudolph au médecin et aux parents de Marie, à la fin du spectacle, je vous appelle et vous lirez un petit mot à trois pour remercier les gens qui ont aidé votre fille. Ça vous va ? Je crois que tout va bien aller !

Connaissant Rudolph, Julien et moi savons qu'il a préparé quelque chose de spécial pour eux, mais quoi ?

CHAPITRE 11

La visite du paradis

La veille du spectacle, il nous réserve une autre surprise…

— Mes amis, je sais que vous êtes prêts ! Demain, le spectacle ne sera pas parfait, car jamais rien n'est parfait. Tout peut survenir et tout peut s'écrouler toujours. Mais j'ai confiance que vous ferez de votre mieux ! Pour vous préparer, je vous invite à venir voir quelque chose qui pourra peut-être vous inspirer. Suivez-moi !

Avec l'accord de madame Langdeau et de la directrice, nous marchons jusqu'au mur de pierre où Rudolph et Lia révèlent à toute la classe l'existence du domaine secret. Ils nous y font entrer et nous invitent à nous asseoir autour d'une des fontaines.

— Ici, commence-t-il alors à nous dire, pendant au moins une minute, laissez-vous habiter par le silence. Vous sentirez au fond de vous une force toute simple que vous retrouverez demain lors du spectacle. De plus, si vous le permettez, Lia et moi allons vous présenter un de nos numéros.

Après le silence, Rudolph Bancovitch, jadis célèbre magicien clown acrobate, reconnu à travers le monde, effectue un numéro d'acrobatie inimaginable où il grimpe dans les airs appuyé uniquement sur 12 couteaux se tenant les uns sur les autres, pointe de lame sur pointe de lame. Puis, Lia se glisse sur son dos à la manière d'une panthère habile et vient lui donner, à cinq mètres dans les airs, un baiser sur le front. À notre grande surprise, nous voyons des dizaines d'oiseaux virevolter autour d'eux dans le jardin pendant qu'ils se concentrent sur leur numéro extraordinaire. Monsieur Rudolph Bancovitch et sa partenaire Lia sont des génies.

Cela nous rassure tous de les voir si calmes et souriants en réalisant de si grands exploits.

Les 24 dernières heures avant le spectacle se passent curieusement dans la paix et la joie. Entourés de ces deux êtres exceptionnels, nous sommes tous très confiants.

* * *

C'est le grand soir...

Jamais un spectacle d'amateurs n'a été aussi professionnel et aussi émouvant. La petite Marie réussit à exécuter chacun de ses numéros avec une joie contenue et un bonheur inexprimable. Lia et Rudolph accompagnent tout le monde avec une grande gentillesse. Nous sentons qu'ils retrouvent le plaisir de donner des spectacles. Juste avant la représentation, Marie nous demande un moment de silence :

— Je voulais vous dire, commence-t-elle les larmes plein les yeux, que tous mes tests sont négatifs. Le cancer n'est pas revenu. Si je suis faible et fatiguée, c'est à cause d'un méchant virus. Tout est dans l'ordre.

Nous sourions tous. Quelle belle surprise en cette soirée si énervante !

Lia et Marie savent que le cancer ne sera probablement jamais complètement disparu en elles. Elles devront vivre avec cette possibilité jusqu'à la fin de leurs jours, mais cela ne compte plus pour l'instant.

Lia veut que le numéro final où les médecins clowns cherchent un remède soit porteur d'espoir. Elle et Rudolph ont pensé à une fin spectaculaire. Pour fabriquer la potion qui guérit le personnage joué par

Marie, tous les gens de la classe iront recueillir, avec une fausse seringue, une fausse goutte de sang de chacun des spectateurs. Ils feront ainsi un acte de solidarité avec les malades.

Tout se passe admirablement bien et Marie rit comme jamais auparavant. Les spectateurs embarquent dans ce spectacle grandiose et très drôle. Pour ma part, je suis très fier de nos numéros ; Julien et moi connaissons un grand succès. À la fin, quand les parents de Marie et son médecin lisent la lettre que Rudolph et Lia ont préparée, il y a un silence respectueux parmi les spectateurs et les artistes.

— ... Merci d'être là, dit le médecin en lisant la lettre. Comme vous le savez tous, je suis le médecin de la petite Marie qui a réussi à donner un spectacle extraordinaire ce soir malgré la crainte du retour de sa maladie. Nous continuons à l'appuyer dans son retour complet vers la santé. Nous voulons aussi penser à tous ceux et celles qui n'ont pas autant d'amis autour d'eux et qui n'ont pas tout cet appui. Nous annonçons la création d'une fondation des amis des malades. Cette fondation ne fournira pas d'argent, mais de la présence et des divertissements. Tous ceux qui auront besoin d'amitié, d'une présence réconfortante ou de vacances agréables dans un lieu magique auprès de gens attentionnés pourront profiter des services des membres de cette fondation. J'ai le plaisir aujourd'hui de vous annoncer que les premiers dirigeants de cette fondation seront Rudolph Bancovitch et sa partenaire de spectacle Lia Magica. Monsieur Bancovitch mettra gracieusement sa résidence à la disposition des personnes malades qui voudront profiter de leur présence.

* * *

Notre spectacle n'a pas été parfait, mais il a été une grande réussite. Toute la classe a eu droit à sept ovations debout. Julien et moi, dans nos numéros de clowns acrobates rigolos et gaffeurs, avons eu droit à trois ovations d'un public en délire. Marie a vécu le rêve de sa vie.

Maintenant, un mois après avoir mis en place la base de la fondation, Lia montre à tous sa repousse de cheveux. L'heure est à l'espoir pour elle, Marie et de nombreux jeunes et moins jeunes que nous rencontrons tous les jours. Des gens qui ont été atteints d'une maladie grave, qui s'en sortent et qui reprennent une vie active.

Comme prévu, Rudolph a fait visiter à de nombreux invités deux grandes pièces de son domaine où on peut revoir en photos sa grande carrière et celle de Lia Magica. De plus, Lia et Rudolph donnent des cours de cirque à tous les malades qui viennent séjourner dans le domaine. Pour ma part, chaque jour, j'emprunte le sentier qui y mène afin d'aller saluer ces gens que j'aime tant.